聚学文丛

周立民——

——著

春未老，书难忘

文汇出版社

图书在版编目(CIP)数据

春未老,书难忘 / 周立民著. —上海:文汇出版
社,2023.8
(聚学文丛 / 周伯军主编)
ISBN 978 - 7 - 5496 - 4073 - 7

Ⅰ.①春… Ⅱ.①周… Ⅲ.①随笔—作品集—中国—
当代 Ⅳ.①I267.1

中国国家版本馆 CIP 数据核字(2023)第 115552 号

(聚学文丛)

春未老,书难忘

主　　编 / 周伯军
策　　划 / 鱼　丽
篆　　刻 / 茅子良

著　　者 / 周立民
责任编辑 / 鲍广丽
封面装帧 / 王　峥

出版发行 / 文汇出版社
　　　　　 上海市威海路 755 号
　　　　　 (邮政编码 200041)
经　　销 / 全国新华书店
排　　版 / 南京展望文化发展有限公司
印刷装订 / 上海颛辉印刷厂有限公司
版　　次 / 2023 年 8 月第 1 版
印　　次 / 2023 年 8 月第 1 次印刷
开　　本 / 889×1194　1/32
字　　数 / 180 千字
印　　张 / 8.25

ISBN 978 - 7 - 5496 - 4073 - 7
定　　价 / 56.00 元

自序

　　有一个黎明，太阳还在酣睡，窗外一片漆黑。我挣扎着醒来，望着一堆书和没有关的电脑，突然想：我的文章会不会长出白发，生出皱纹，会不会疲惫、衰老？那一天，我只睡了两个多小时，就让闹钟叫起自己，为了不影响家人，我还是睡在客厅……多少年来，这样赶稿子早已习以为常，像打仗一样，心无旁骛，全神贯注，兴奋又紧张，时刻准备扣动扳机。此时，我也曾有前途茫茫、怅然若失、心里空荡荡的无力感；又像一个看不到尽头的赶路人，停下来片刻，长叹一口气，还得默默地向前走。

　　写作就是这样子，腰酸、脖子痛、疲乏不堪，然而，从未想到要放下那支笔，仿佛是宿命，不能不写，不得不写。夏目漱石的夫人夏目镜子在《我的先生夏目漱石》一书中写道："看他写东西的时候，似乎心情极为愉快，最晚时会一直忙到夜里十二点或是深夜一点左右。""特别是像熬夜，还有那种让旁人看着揪心的创作痛苦，他都完全没有。"我不敢妄自比附，这种感觉的确是舞文弄墨者共同的。倘若没有快乐，只有苦熬，谁会长年累月自虐呢？不过，这种快乐或许只有写作者本人才能体会得到。

　　苦恼不是没有：时间不够用。交稿期限到了，过了，我还拖着。我还有很多的材料没有看仔细，还有不少地方需要仔细修改，为什么不能让我从从容容地写来，偏要设置一个时间点像悬在头上的剑？巴金在《谈〈憩园〉》中说到抗战时期他写小说:"我记得有一夜在北碚一个旅馆里续写《憩园》,电灯不亮,我找到一小段蜡烛,我的文思未尽,烛油却流光了。我多么希望得到一支蜡烛,或者一盏油灯,让我从容地写下去。可是在那样的黑夜,要找到一线亮光也实在不容易啊。"很多时候,我也像这样,多么盼望能多一支蜡烛,多一刻时光啊。然而,时间残酷,限度无法冲破,为了这个,必须舍弃那个。好在,人到中年,舍弃、丢开,甚至是告别,已是寻常事。因为,不接受,你又能怎么样呢?

当我把这些过去的足迹汇集起来编成一本书的时候,面对这些长长短短的题目,眼前出现的不是文字,而是很多具体的情境:夜深人静的晚上,鸟儿欢叫的清晨,嘈杂的地铁上,旁边人在呼呼大睡的机舱中,许多人高谈阔论的会场里……我身在此,思绪却早已飞到另外的世界中。在一个情境中,我心不在焉,却又在另外一个世界中心花怒放。这或许并非我的本意,扑棱棱草绿了,呼啦啦花开了,年年岁岁,我也想悠闲漫步,实际上,只能从书斋中往楼下望一望。别人寻春踏青游山玩水,我困居斗室读书写作,不是为了经国大业,不想去复兴什么,更谈不上谋取什么,自我选择的习惯而已,那么它的最高价值也就是自得其乐。

乐在其中,没有激动,没有欣慰,只有一点儿韶华逝去的感慨。偶然看到周敦颐写的一首《暮春即事》:

双双瓦雀行书案,点点杨花入砚池。
闲坐小窗读《周易》,不知春去几多时。

他是"不知春去",而我,仿佛春天什么时候来的都不知道。

这样也好，春天是广阔的，博大的，并不缺我一个人。春天是灿烂的，丰富的，可是有哪一朵花是为我开的，哪一个杜鹃是为我吟唱的呢？夜来风雨声，花落有多少。还是闲坐小窗读《周易》，任他春来春往吧。至于这些文字，能发芽的发芽，能开花的开花，送出去了，我也管不了那么多。

周云龙

2019 年 4 月 8 日下午于武康路
2023 年 5 月 4 日夜修改

目录

上 书梦重温

上　书梦重温

迷雾中的阅读

——四十年来的书与回忆

1. 外乡孩子的阅读起点

　　"年轻的人想着三十年前的月亮该是铜钱大的一个红黄的湿晕，像朵云轩信笺上落了一滴泪珠，陈旧而迷糊。老年人回忆中的三十年前的月亮是欢愉的，比眼前的月亮大，圆，白；然而隔着三十年的辛苦路往回看，再好的月色也不免带点凄凉。"这是张爱玲《金锁记》的著名开篇，朋友命我回顾一下四十年来的读写情况，陈旧而模糊，倒不觉得，欢愉和凄凉，也谈不上。四十年前，老家小曲屯初冬田垄上升起的薄雾，通往镇上的大路两旁的晨霜，在脑海里清晰如昨。只是，四十年的时光漫长得无法丈量，我已经看不清自己当年的模样。那时，我虚岁六岁，房前屋后玩泥巴的年龄。是真的泥巴，团成一团，捏成一个碗的形状，用尽力气，摔到地上，砰的一声，中心的泥土膨胀而出，谁中间摔出洞大，就算谁赢。这个游戏，我们叫"摔娃娃"。农村孩子是"泥巴孩"，手上身上常常沾满泥。不到入学读书时，父母很少有什么"学前教育"，更未听说过"输在起跑线上"这种话，那段日子就是孙猴子的花果山岁月。

四十年前，我应该会写几个字，也渴望读书了。跟我一起的玩伴都比我年龄大，他们上学了，放学归来也不漫山遍野撒欢了，而是静静在做一个叫"作业"的东西。本来大家热热闹闹做混世魔王，现在剩下我孤家寡人，这怎么行？我也要像他们一样读书、写字，模仿他们做作业，没有人布置，我自己安排。识字的隐秘快乐与混世魔王的生活无缝对接，尽管只会写百八字，我很快就用来"写标语"，从本子上撕下一页纸，写上"某某某是大坏蛋"，"蛋"字不会写，问上了学的小伙伴，歪歪扭扭地写上去。趁着晌午人们都在睡午觉，我蹑手蹑脚地贴到邻居家的后门上。做坏事的兴奋，像喝了好酒，从嗓子眼儿爽到脚后跟。

家里有些书刊，我只能一知半解地猜一猜图画的意思，这让我很不甘心。记得，每年都有一本细长的《农家历》，有节令、农时和生活常识，等等，这些都跟日常生活有关，大人们经常翻动，我在一旁也跃跃欲试。小人书对我是更大的诱惑，《大闹天宫》《鲁智深》两本不知道翻了多少遍，我央求大人们一遍遍地给我讲上面的故事，烂熟于胸还百听不厌，自己不识字不能自由阅读还是很扫兴。两本《看图识字》，是爸爸出差时买的，窄窄的横翻本，彩色印刷。上面有火车、电车、公共汽车、飞船，等等，还有天安门、故宫、颐和园、长城之类，对于玩泥巴的小孩儿来说，这些都是天宫里的事物，它们离我的现实生活十分遥远——我熟悉的，是鸡鸭牛马猪，是蝴蝶、蜻蜓、稻田、小溪……显然，两本小册子里的"新世界"对我诱惑更大，我由此也毫不费力地记住了旁边的汉字。转过年，七岁了，通常都是八

电力机车
diàn lì jī chē

我小时候看过的两册《看图识字》，幸得保存下来。那时不知道看了多少遍，天安门、火车、飞机，等等，都不是我日常生活中可见的，它们诱导了一个孩子的向往。

岁上学。这时，爷爷从亲戚那里给我借来语文课本，开始教我识字。第一课是"人、口、手、山、石、土、田"，接下来是"春天来了……"人生识字忧患始，不，我很兴奋，我可以自己看书啦，由此，更广阔的世界才慢慢地向我展开。

作为一个外省孩子，不是"省"，是外乡，文化上讲的偏僻外乡，我的阅读始终与最前沿的文化环境不同步。比如，当一个时代结束，一个新时代开始时，我的阅读说不定还在过去的时代中。上小学时，我的课外读物里就有五卷《毛泽东选集》，以及所谓批判"叛徒、内奸、工贼"刘少奇的材料，还有那个年代的《红旗》杂志。这是爷爷的书，能够找到的书也很少，我饥不择食，"有啥吃啥"。当《读书》杂志已在大呼"读书无禁区"，我根本不知道有这么一份杂志，我读到这篇文章，是在它发表的十五六年后，它已成为研究资料。再如，1980年代初，"朦胧诗"潮起云涌，直到1980年代末、1990年初上高中，我才有机会雾里看花朦朦胧胧。一个人的成长，并不是有一份历史地图摊在面前，让你把握方向、掌握趋势，沿着康庄大道向前走。虽说万壑众流归大海，可是默默地独自流淌的小溪还是很多，历史从来都不是单一层面推进，地域、阶层、个人境况的差别都会体现在各自的境遇上。阅读的不同步，还有个人性格和选择上的原因，我们这一代人疯狂流行的琼瑶、三毛、金庸、古龙及汪国真，等等，我在当时根本就没有认真读过，那个时候，我的心思在另外一些阅读对象上。

乡下、城镇里，新华书店里出售的书非常有限，完备的图书馆也不存在，我的阅读偶然性很大，与哪一本书相遇，仿佛是命定。我们镇上的供销社文化柜台里，

摆着一本《传奇》（人民文学出版社 1986 年 2 月版），
好几年都无人问津。我要找的是托尔斯泰、巴尔扎克、
鲁迅、巴金这些人的书，根本不知道这个叫"张爱玲"
的人是谁。那时，张爱玲正重返大陆，在学界早已是大
红人，可是乡间一片宁静听不到那些喧闹的学术锣鼓。
柜台里的书，长久不更新，我实在没书可买，才买本
《传奇》充数。书前书后，都没有介绍，我读了一两篇，
又莫名其妙，后悔错买了一本书。念高中时，张爱玲的
书成了大众读物，安徽文艺版《张爱玲文集》畅销一
时。哟，这不就是写《传奇》的那个莫名其妙的人吗，
有眼不识祖师奶奶……当这个现实由最初的"外乡"文
化环境养成后，随着我渐渐向城市和文化中心移动，我
的性格中也形成远离流行的意识，最初可能有些是反叛
式的拒绝，现在则是理性的自决，特别是文化多元化之
后，沉渣泛起，我不能照单全收，只能选择自己喜欢
的书。

　　行走在大地上，哪怕是荒无人烟的西伯利亚，也不
可能彻底远离春夏秋冬，春花秋月会以不同的方式融入
生活。书店收获不多，邮局订阅的刊物却送来最早的春
风。感谢父亲，他订了不少刊物，《大众电影》《美化生
活》《八小时以外》，还有旅游杂志，我不识字时，早已
翻来翻去。它们再次提醒我：外面的世界很精彩。读书
后，他又继续给我订不同的刊物。我订过《新少年》
《少年科学》《中学生》，在镇上的邮局买《散文世界》
《中学生阅读》。"舌苔事件"发生后的第二年，家里开
始订阅《人民文学》；上高中前的暑假，我从镇上的文
化站借了几年里的《小说选刊》，把当时走红的中短篇
小说看了一遍。上高中后，我又是《收获》的长期订
户，并在我们县城的邮局每期追着买《随笔》，看过之

后，几个爱好文学的同学还经常讨论。在这里，我似乎又没有脱离某种文化潮流，而是渐渐在向它的中心奔去。

2. 马南邨:《燕山夜话》（合集，北京出版社 1979 年 4 月新 1 版）

《燕山夜话》，米黄色的封面，衬底是花草图案，上面是手写的隶书"燕山夜话"四个字，下面是作者的名字，紧跟的是一个红色的篆刻印。整个封面文雅又大气。翻开书，是一张黑白照片：邓拓同志一九五八年在北京。他穿着中山装，一个口袋插着钢笔，面孔有些消瘦，照片印刷得有些黑乎乎的，更显得这个人脸上有些沧桑感。我当时对邓拓后来的遭遇知之甚少，直觉上感到他一脸苦相。

这书是小学三四年级（1983 年、1984 年间），父亲送给我的，不清楚他是什么时候买的，封底上盖的印章是"庄河购书纪念"。父亲一起给我的还有《陈毅诗词选集》《沫若诗词选》，正像前面所说，我可读的书并不多，拿到什么书都会从头读到尾。当时，这部《燕山夜话》给我印象尤深。这并不是一部太适合小学生读的书，很多最基本的东西我都弄不懂，比如，邓拓怎么又叫"马南邨"，为什么"邨"不写作"村"？书前有一篇丁一岚写的《不单是为了纪念——写在〈燕山夜话〉再版的时候》中提到的："邓拓同志是万恶的林彪、'四人帮'一九六六年大兴文字狱的第一个牺牲者。从那时起，揭开了这个革命历史上黑暗的一页。"这又是什么意思？我应当问过父亲，他的回答我已记不清楚，只记得，邓拓曾是全国人民批判的对象，一多半人根本没读过这本书，但是大家都在念这个顺口溜："邓拓吴晗廖沫

《燕山夜话》的合集（上图）是父亲送我的，五集分卷初版本（出版时间分别为：1961年8月、1962年2月、1962年4月、1962年8月、1962年12月）是我从旧书市场买来的，封面的沧桑已经显示出此书不平凡的命运。

沙，反革命有他仨儿。"对这些事情，我也并非一无所知，别忘了，我看过一大堆《红旗》杂志。我还看过刚刚出版的《邓小平文选》，这是爷爷发的材料，对于那个特殊岁月里发生的事情，中央都有论断。我看这些书时，风雨早已过去，我是在朗朗晴空下悠闲阅读的。这不是修辞，而是实景。我家房后有一片地，拔了的地瓜秧子，砍倒的玉米秸子都堆在地里，我躺在那上面，拿着书似懂非懂地浏览历史风云。秋天，北方的阳光十分和暖，湛蓝的天空下，白白的云朵亲切又厚絮，在这样的环境中读书，历史的严酷对于我只是一知半解的知识。

《燕山夜话》，换一个时空阅读，我是把它当作少年时代的励志书。第一篇《生命的三分之一》就说："古来一切有成就的人，都很严肃地对待自己的生命，当他活着一天，总要尽量多劳动、多工作、多学习，不肯虚度年华，不让时间白白地浪费掉。"（第5页）我当时很喜欢这样的话，也常常为不能约束住自己而有一种"虚度年华"的自责。那时候读书学习，一时兴起，热情洋溢，两天过后，又丢在一旁，很多计划都半途而废，对此，我十分苦恼。看邓拓的文章，引明代学者吴梦祥的话，讲读书学习，没有什么"秘诀"，不过专心致志，不出门户，痛下功夫而已。"或作或辍，一暴十寒，则读书百年，吾未见其可也。"（《不要秘诀的秘诀》第29页）这是当头一瓢凉水，让我警醒、自诫。他的《新的"三上文章"》又提示我，该怎么抓紧时间学习；《"半部论语"》则让我明白，读书不必求多，而要求精。

在方法之外，这书里还有很多知识、情趣，也让我受益。那时，男女老少都喜欢听评书，收音机、电视里，刘兰芳、田连元等人讲个不停，《杨家将》是经典书目，《燕山夜话》中《两座庙的兴废》中讲到历史上的"老令公"杨业以及他儿子杨延昭。武侠小说我没有读过，可是金庸小说改编的电视剧断断续续看了不少。想不到《射雕英雄传》里的道长丘处机也实有其人，还被成吉思汗委任为"掌管天下道教"的要角。(《谈"养生学"》) 小学生很爱穷根究底，邓拓满足了我的这个兴趣。除夕古人是如何守岁、怎么饮"屠苏"，在过年的时候读一读，向往一下古代生活，也让我见识大增。(《守岁饮屠苏》)《燕山夜话》俨如一部历史文化的小百科，我经常拿它查一点儿什么，随便翻开哪一篇都读得津津有味。

常看到有人回忆，在读书求学的过程中，遇到怎样的"名师"或"高人"指点，让他醍醐灌顶，直抵大道。在乡间，能识文断句就是高人了，大多数人家别说书，除了月份牌，连块纸片都找不到，谁肯指点我呢？这时候，《燕山夜话》这样的书带给一个少年的帮助和力量就不可低估。它讲的并不是什么高深的道理，即便是常识，对于一个在蒙昧中寻找道路的人，也需要有人捅破这层窗户纸。在以后求学的道路上，通过书本向前贤"请教"，是我最根本的学习方法。杨绛先生曾把读书比作"隐身"的"串门儿"："要参见钦佩的老师或拜谒有名的学者，不必事前打招呼求见，也不怕搅扰主人。翻开书面就闯进大门，翻过几页就升堂入室；而且可以经常去，时刻去，如果不得要领，还可以不辞而别，或者另找高明，和他对质。"(《读书苦乐》，《杂写与杂忆》第 281 页，生活·读书·新知三联书店 2010年 7 月版) 我从未因为不是什么世代书香、名门学府出身而自卑，只要有书，站在我身后的就是那些代表着人类文明顶峰的大师，还有谁能比他们更给我底气？

1980 年代初，是结束过去开辟未来的时代，在这样的时代中，我与《燕山夜话》相遇，现在想来，大有象征意义。书的前面有邓拓手书的《合集》自序，最后一段颇有豪情，也让一颗少年的心跃动不已：

我们生在这样伟大的时代，活动在祖先血汗洒遍的燕山地区，我们一时一刻也不应该放松努力，要学得更好，做得更好，以期无愧于古人，亦无愧于后人！

3.《朱自清散文选集》（百花文艺出版社 1990 年版）

我的初中，在一个高高的山冈上，四周是高高低低的杨树、槐树和绿油油的玉米、高粱。站在操场上向南望，眼下是稻田、村庄，远处是与蓝天交接的大海。学校不大，只有前后两排房子，每天上午第二节之后的课间操时间，我们都围在位于两排房屋中间的排球场，打排球的是老师们，这时候他们筋骨舒展，不似课堂上那么严肃。广播里传出的歌声照例是《童年》，应该是成方圆唱的。每逢听到那几句歌词，我都会心一笑："总是要等到睡觉前／才知道功课只做了一点点／总是要等到考试以后／才知道该念的书都没有念。"

这是一所十分简陋的乡村初中，不是重点，不是名校，然而，我遇到的都是多年在教学第一线各怀绝技的老师。虽然考试的压力始终存在，然而，他们能把课堂变成欢乐的舞台，让这些野孩子们在笑声和兴奋中记住一个个知识点，傻呵呵地度过每一天。语文老师赵福德，居然是我父亲读书时的老师，教材中的名作家的文章的精彩段落，他可信口背出，这又诱使我想早一点儿读到那些文章的全文。读初中期间，我特别想得到的三本书是《呐喊》《朱自清散文选集》和《红楼梦》，我们学过的很多课文都选自前两本书，我自然想一睹为快。《红楼梦》是中国人津津乐道的"四大名著"之一，前三部，我都翻过了，唯独《红楼梦》找不到，没有见过的风景更有诱惑力，我千方百计想找到它，终于从一位姓王的女同学手里借到，算是如愿以偿。《呐喊》，在镇上的文化站图书室里有，还有鲁迅其他作品的单行本。可是，朱自清的书没有。我估摸，镇上的人，更喜欢读有情节的小说、传奇、演义，朱自清的书，要么是散文诗歌，要么是学术著作，即便重印不少，书店也不愿意进货。

我只好自己"编辑"朱自清散文选，采取的办法是中国古人的传统办法：抄书。可是，我连整本的朱自清散文选都借不到，只有从中国现代散文选之类的选本中，把能够找到的朱自清的文章抄下来，有的书里只选了某篇的片断，先抄下，以后再找机会"补全"。选本中出现最多的是朱自清早期的抒情散文，《匆匆》《温州的踪迹》《背影》《荷塘月色》《桨声灯影里的秦淮河》，等等。抄书，是最坚强的诵记方法，很快，文章中的句子就挂在我的嘴边："燕子去了，有再来的时候；杨柳枯了，有再青的时候；桃花谢了，有再开的时候。但是，聪明的，你告诉我，我们的日子为什么一去不复返呢？""我第二次到仙岩的时候，我惊诧于梅雨潭的绿了。""这几天心里颇不宁静……"

为什么对朱自清这么感兴趣？因为初一课本中有一篇他的《春》：

盼望着，盼望着，东风来了，春天的脚步近了。
一切都像刚睡醒的样子，欣欣然张开了眼。山朗润起来了，水长起来了，太阳的脸红起来了。

　　它一开头就以非常有节奏感的语句抓住了我的心。一个在农村生活的孩子，没有公园，没有少年宫，没有小提琴，他最为可怜也最为奢侈的就是有享受不尽的大自然。在北方，结束漫漫冬夜，春天是最欢乐、最鲜明和最有动感的季节，朱自清的短文抓住了这一切，他笔下写的每一个细节，仿佛都是我的亲历，是在道出我的心声。山，水，草，树，花儿，风儿，鸟儿，可不就是这样吗？《春》是要求全文背诵的课文，我在上学的路上情不自禁地吟诵。这一路上，有小水库，春波荡漾。经过一个小果园，鲜花怒放。迎着风念"吹面不寒杨柳风"，对着雨，"看，像牛毛，像花针，像细丝，密密地斜织着，人家屋顶上全笼着一层薄烟"。眼前的景有文字相佐，变得空灵起来；纸上的文字有实景印证，变得立体了。那时，我也在读《红楼梦》，"《牡丹亭》艳曲警芳心"一节，"原来姹紫嫣红开遍，似这般都付与断井颓垣"，"良辰美景奈何天，赏心乐事谁家院"这样的情景，不用作者过多描绘我都能理解，不就是我们村子、我们家房后的风景吗？梨花开时，蓝天下的白雪；旁边的桃花，给大地点染了颜色，还有槐花，香气四溢……是曹雪芹、朱自清这样的作家，唤起我对文字的感觉和对文学的痴迷，并且从一开始就不是概念上的，而是来自生活，来自实际感受，那些文字，是风，是雨，也是花。

　　直到读高中，我才买到一本《朱自清散文选集》，这是百花文艺出版社出版的百花散文书系的一种，这套书虽然是选本，但是对我最初接触现代作家的作品提供了很多营养，有很多喜欢的作家，我最初都是从这套选本中开始阅读的。上大学时，在大连天津街新华书店前的书摊上，我惊喜地发现一套《朱自清全集》（刚出了八卷），虽然六十几块钱，在当时也不便宜，我还是毫不犹豫地拿下。朱自清这种"传统"散文家在当时已经风光大减，不再有"阶级斗争"，不再为过年吃一顿饺子忧心忡忡，1990年代初，整个在80年代忧国忧民的激情转换到对具体而微的生活的热情中，由生存到生活，人们开始讲究格调、情趣、品位，吃苦茶的周作人，谈吸烟的林语堂，雅舍里的梁实秋，他们的散文和各种选本风靡书市。沈从文、张爱玲，边城风光，奇异的风俗，大家族的神秘，女性内心的幽曲，让当年迷恋三毛、琼瑶、席慕蓉的人又找到新的寄托。这个时候，买来装帧精美的《朱自清全集》，似乎不合时宜。而且，再也不像当年，我可读的东西太多了，眼花缭乱目不暇接。我还是要买朱自清，这是偿还心愿。

写到这里，我不由得怀念起天津街当年的那些小书摊。新华书店，白天营业，很多书上货并不及时。下班之后，摆出来的小书摊，却把握了读者心理，都是读者盼望已久的书。从含金量而言，我始终认为1990年代才是当代文学真正的繁荣期，而我的1990年代最激动人心的阅读都是书摊提供的。如《苏童文集》《陈染文集》，长江文艺"跨世纪文丛"中的很多书，华艺出版社出的当时作家的集子，张炜、张承志、余华、韩少功、李锐……还有各种重印的外国文学名著，这也是图书发行体制改革之后的结果，原来由国营体制一统天下的局面由此被打破，文化纷呈且繁荣。

那时，吃过晚饭，坐23路公交车到友好广场，走到天津街，这些书摊在街两旁一字摆开。春天，北方的风很大，吹得书和招贴哗哗作响，也吹得我的头发一片缭乱，然而，风是暖的了，吹着人有一种张扬的快意。每家书摊都不大，用木板搭在三轮车上或箱子上，卖的

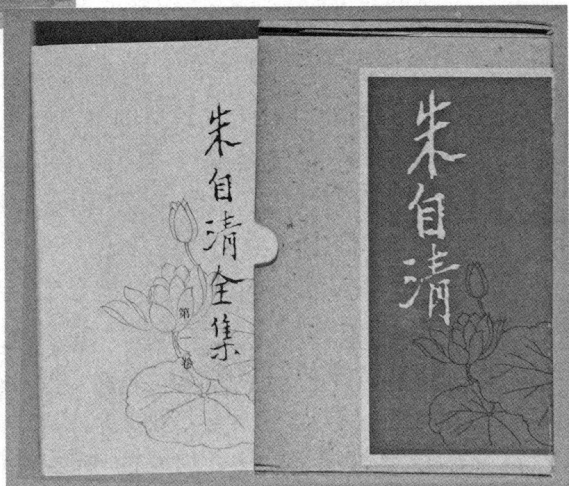

这个封面样式的《朱自清散文选集》（上图），是 1990 年代流行的版本，还有很多现代作家的散文选，我也买了。后来买了《朱自清全集》，散文选才被我束之高阁。

书各有侧重，我一家家逛过去，常买书的摊位摊主渐渐都熟悉了，亲切地打声招呼之后，他已经能根据我的喜好告诉我，哪些是新上的书。很久就要找的书突然从眼前跳出来，那种兴奋溢于言表，赶紧抱在怀里，生怕别人抢去——两个人同抢一本书的事情也不是没有，小摊进的书册数都不会太多，抢不上只能等下次进货，而读书人得了"秘籍"谁不想先睹为快？穷学生，囊中羞涩，想买的书又是那么多，鱼与熊掌不能兼得，不得不扳着指头算计买哪本舍哪本，有时候还红着脸请摊主给留哪一本，摊主也都通情达理地爽快答应。现在买书，打开手机，点几下就行了，要想买什么书，钱好像也不缺，方便倒是方便，然而寻书、翻书、买书、背书那种过程、实在感、快乐也随之被简化了，直奔结果的事情，这个结果总让人感到茫然而不真实。我常常记不清哪本书是怎么买来的，也不能确认自己是否买过某一本书，在过去，这种事情绝对不会发生。

我忘不了在这些书摊中穿梭和流连忘返的日子。不知道什么时候，一夜之间，它们都消失了。大约是城市升级改造，更强调秩序吧？我总感觉越来越豪华的城市，少了许多沁入人心的温暖。这种温暖就像朱自清写的乡野雨夜："傍晚时候，上灯了，一点点黄晕的光，烘托出一片这安静而和平的夜。乡下去，小路上，石桥边，撑起伞慢慢走着的人；还有地里工作的农夫，披着蓑，戴着笠的。他们的草屋，稀稀疏疏的在雨里静默着。"（《春》）

4. 詹姆斯·乔伊斯：《尤利西斯》（萧乾、文洁若译，译林出版社 1994 年 4 月、6 月、10 月分三卷出版）

这套书，我也是在天津街书摊里分卷买的，拿到上卷时心花怒放。

我在北京见过两位译者。1994 年 4 月，我出席在北京召开的巴金国际学术研讨会，认识很多研究者。从初中开始，我就迷恋巴金的作品，整个高中学习紧张的灰色岁月里，是巴金的书给了我不尽的力量。进大学之后，我尝试开始写一点儿关于巴金的文章，能够在那样的盛会见到很多仰慕已久的师长，真是眼界大开。萧乾先生是作为巴金先生的老朋友被请来的，他受关注，还因刚刚杀青的《尤利西斯》的翻译。这部"天书"将以完整的面目出现在汉语世界中，是文学界的一件大事。在它之前，普鲁斯特的《追忆逝水年华》已经出版，1980 年代，"现代派"是一个可以引起争议甚至批判的名词，十年之后，有两部巨著中译本降临，人们不再闻之色变，而是如逢甘霖，不能不说风气大变。萧乾说，美联社的记者曾经对他专访过，后来的通讯稿上居然是这么写的："今天中国政府居然准许译这本书，是更大的惊奇，因为乔伊斯的意识流技巧早就以太主观的罪名被共产党否定了。"（序言，上卷第 25 页）西方人把它当作检验中国思想言论尺度的一把尺子了。

我在《世界文学》上读过《尤利西斯》的选摘，似懂非懂，却大有兴趣——年轻人就是这样，越不懂越神秘的东西越有兴趣。在北京，会议就餐时我恰好与萧乾夫妇坐在一起，禁不住问了不少翻译的情况。对我这个什么都不懂的"孩子"，萧乾还是认认真真地谈了不少（我总认为，我给《大连日报》写过一篇《与萧乾谈〈尤利西斯〉》这样的稿子，可是查不到）。有这样一层关系，我特别关心这部书的出版。它是分卷出版的，盼望下一卷的心情犹如"一日三秋"般漫长。初版本是三卷平装，出齐后又出了两卷精装本，我喜欢精装书，便跟书摊的摊主商量，拿平装补差价换精装，他同意了。我记不得，当时一个月的生活费是多少，还能买很多书，靠的是零星写稿子的稿费，还有就是节省。不然，精装、平装两套齐收才对。不过，去年，我还是从网上把三卷的平装本又买了回来，平装与精装封面设计差别很大，平装那个米黄色的封面，更具现代感，它才是我熟悉的《尤利西斯》。

我曾带着书，在风和日暖的时候，到劳动公园去读。公园一进大门有卖大碗油茶，两三块钱一碗吧，我和太太当年都吃过，前两天还在一起感慨：再也没有吃过那么好吃的油茶。其实，是再也没有那么好的年华了。我拿着书，心无挂碍，一读就是一个下午。从公园高处俯瞰城市，高楼不算多，车流熙熙攘攘，傍晚时分，华灯初上，小说主人公布鲁姆的感觉袭上我的心头。我也是这个城市里的流浪者、游荡者，这里没有我的家，没有亲人，身边过往的人好像很亲密又很疏离，年轻人的自负、倔强又让人觉得全世界没有人理解我，那种孤独尖锐地刺痛了我，让我怅然不已。

有时，我也会到海边走走，《尤利西斯》里也写过海边：

夏日的黄昏开始把世界笼罩在神秘的拥抱中。在遥远的西边，太阳沉落了。这一天转瞬即逝，将最后一抹余晖含情脉脉地投射在海洋和岸滩上，投射在一如往日那样厮守着湾水傲然屹立的亲爱的老霍斯岬角以及沙丘海岸那杂草蔓生的岸石上；最后的但并非微不足道的，也投射在肃穆的教堂上。从这里，时而划破寂静，倾泻出向圣母玛利亚祷告的声音。她——"海洋之星"，发出清纯的光辉，永远像灯塔般照耀着人们那被暴风颠簸

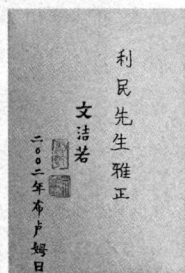

我现在越来越喜欢平装书，萧乾、文洁若译本初版《尤利西斯》封面设计很好。（左上图）该书近年有多家出版社重印，文化艺术出版社本是文洁若先生在 2002 年布鲁姆日送给我的（给我写信，她好像也写"利民"）。当时，我正在重读该书，那一年也是我人生转折之年。金隄译本（右下图）在编排上一直都有一个好处：注释放在当页下。

的心灵。(萧乾、文洁若译本，中卷第 299 页)

　　大连是一个被海环绕的城市，不论怎么走，都会走到海。我们学校在白山路，星海广场刚刚开始动工，常去的海边是南大亭、星海公园、金沙滩、黑石礁。小说里的海，我不陌生。下午没有课，我经常一个人到海边去转一转，看人捡海菜，捞海带，好像没有遇到小说里写的少女吧？都说《尤利西斯》是"天书"，难读，有五六千条注释帮忙，已经容易多了。不过，要深入理解，的确需要很多相关知识和阅读才行，我自不量力，那几年一直在乔伊斯的海洋里遨游。这书是热气腾腾的豆腐，心急吃不得，还会烫着，完后大骂：这是一堆什么乱七八糟的东西！当代读者最大的挑战恐怕是耐心和细心，有了这些，你才能在迷宫里不断发现精彩绝伦的细节。每次去海边，看的都是这片海，可是每一次都有新的发现，《尤利西斯》也能做到这一点。一头扎进乔伊斯文字中时，是在肢解作品，而放下书，又会觉得，它的结构编织得浑然一体，这个作者真了不起。

　　中译本前面有一篇萧乾题为《叛逆·开拓·创新》的序言，他介绍的乔伊斯很符合我的想象，让对我这个人充满好奇和敬意。1907 年，乔伊斯在的里雅斯特的演讲中，这样评价他的祖国的："爱尔兰的经济和文化情况不允许个性的发展。国家的灵魂已经为世纪末的内讧及反复无常所削弱。个人的主动性已由于教会的训斥而处于瘫痪状态。人身则为警察、税局及军队所摧残。凡有自尊心的人，绝不愿留在爱尔兰，都逃离那个为天神所惩罚的国家。"(上卷第 9 页)这个大师，不是仅仅靠玩点什么"意识流"手法得来的，他的目光何其敏锐、深刻。《尤利西斯》出版后，据说爱尔兰一位国务大臣登门拜访乔伊斯，表示要把它推荐给诺贝尔奖委员会，乔的答复是："那不会给我带来那个奖金，倒会使你丢掉国务大臣的职位。"（上卷第 23 页）乔伊斯说得没错，保守的诺贝尔奖最终没有授给乔伊斯（也可以说，乔伊斯没有给诺贝尔奖显示荣耀的机会），哪怕名声大噪，乔伊斯总是"异端""非主流"。——我认为在 1990 年代，我的精神成长期，乔伊斯的选择（包括他后来执意要写一部《芬尼根守灵》）给了我很大的暗示、鼓励或者说精神支持，我需要一种力量告诉我：走自己的路，头也不要回。

二十多年来，我买了能够买到所有的中文版乔伊斯作品、传记和研究著作，塞满了书橱好几个格，而且遇到新出的，还是一如既往掏腰包。直到去年在台北，厚厚的两大卷九歌版的金隄译本，我还是依旧不计重量地背回来，哪怕，家里早有了人文版的，可见，我对乔伊斯的热情始终未减。研究资料最初并不多，传记就是薄薄的小本，后来艾尔曼的《乔伊斯传》中译本出版，让我饿狼般大快朵颐。可是，我还是要提到陈恕的《〈尤利西斯〉导读》，这虽然是一本小册子，当年读《尤利西斯》，却帮了我大忙。后来，我有幸多次见到温文尔雅的陈恕教授，他是冰心先生的女婿，我们在一起开会谈的都是冰心。我很希望有机会跟他好好请教一些与《尤利西斯》有关的问题，我总认为自己没有准备好，没有资格跟他谈。去年十月，我突然得到他去世的消息，非常懊悔失去了当面向他请教的宝贵机会。然而，他的书带给我的恩惠永远不会忘，在漫漫阅读之路中，不知道有多少这样的学者给了我各种的帮助和启示，每逢从放置他们著作的书架前经过，我都会向他们投去感谢和敬意的目光。

我最初是萧乾、文洁若译本的拥趸，后来认识到读书不可自设藩篱，因此也买了各种金隄译本。

那本不足六十页的庄信正译《尤力息斯》（洪范书店 1997 年 5 月初版），实际上只译了全书八个片段，得自于中国台北旧香居，在旅途中，我就看完了。

读《尤利西斯》，再次激起我写小说的热情。初中时，我就尝试写小说，到高中时，学习压力很大，只要有机会，我还是会沉浸在虚构世界中，在毕业时，还在本地刊物上发表过作品。大学，读的是中文系，中文系干什么？就是正大光明地读小说、写小说嘛。乔伊斯点燃了我雄心勃勃的烈火，《尤利西斯》中提到爱尔兰的民歌《夏日的最后一朵玫瑰》，这是一个好题目，我就拿它写篇小说，表达在炎热的夏天里，我穿行在城市中的感受。情绪凌乱，不可捉摸，文字也充满跳跃性，严重模仿乔伊斯。我还写了很多，大学毕业前，还在炮制长篇小说。不过，作品的命运和人的命运一样，有时候是不由自主的。那时候，精力充沛，写小说的同时，我开始写书评、短评，还有很多研究计划，没多久，这些写作占据我更多时间，所有的编辑都让我写这写那，没有一位约我写一篇小说。好吧，就这样，脑子里不知道有多少小说的题材都被我搁下了。我要像灰太狼那样说一句："我还会回来的。"——咱要对得起乔伊斯。

不过，读《尤利西斯》时，作为《大连日报》的通讯员，我写了很多杂七杂八的文章，采访出租车司机啊，画廊啊，等等，都是耿聆老师布置的任务，是命题作文。它们从未收入我的作品集中，时过境迁，我想没有人会读这些文字。然而，我非常怀念那些写稿的日子，也从不认为白写了这些文字。作为练笔，它们对于我学习使用文字起到关键的作用，人生从来没有白走的路，写作也一样。我曾在一本书的后记中，写过当年路过人民广场，看着苏军烈士铜像，去世纪街报社送稿子的难忘经历：

　　我也曾无数次从他脚下走过，特别是读大学的一年冬天，每周都要有一次早起去报社送晚上赶出来的稿子，再赶回学校上课。一来一回，从铜像前经过的时候，我都要多看它几眼，寒风中是稀稀寥寥的几个老人在晨练，是那个持枪迎着风雨的铜像的孤独身影，灰蒙蒙中还有几只白鸽掠过战士的头顶展翅高飞，或是默默站在枪管上静思。那正是我内心比较孤寂的一年，清晨的这幅画面至今仍常常在我眼前浮现。（《忧思与行动——冯骥才周立民对谈录》第249页，漓江出版社2015年10月版）

　　1994、1995年之后，再一次集中阅读《尤利西斯》，是我工作之后，即将再一次走进校园读研究生时。我还记了半本笔记，笔记上显示，2002年7月9日午间开始读第一章；读到第十七章时，已经是次年的6月16日午夜。我还写了一段感慨："布鲁姆日午夜12点，读这一章，看街头万象，此套书是去年布日，文洁若女士寄赠给我的。不想时光流逝，岁月如梭，断续阅读，至今已一年了，尚未结束，甚为徒费时光而懊悔。当自励自强，不浪费时间，勤思苦读为好。"这次重读跨越两个城市，是在我的生活转换期。2002年7月，我正在为告别生活了十年的城市大连而手忙脚乱，记忆中那个夏天很热，除了带点儿冰碴的东西，我什么都吃不下。我住在泡崖新区，经常去一家面馆吃冷面，9月中旬来到上海，已经立秋，不想还天天挥汗，而大连的冷面，我又吃不到。2003年的布鲁姆日，我写下那段话，应当是在复旦大学北区的宿舍里（后来有位复旦的网红老师，那些年就亭亭玉立地在通往宿舍的大道上晃啊晃啊，我们都知道她，就是这个北区。可惜当年网络没有今天这么发达，不然，她早就红了）。刚刚过去的冬天多雨，春天多阴天，让人的心头阴云密布。北区宿舍外面，有一家卖打折书的小书店，每有新书，大家奔走相告。我隔三岔五就往宿舍拎回一包书，其中，有孙周兴编选的一部《海德格尔选集》（上海三联书店 1996 年 12 月版），厚厚两大卷有一百万字。这时，海德格尔风早已刮过，而我在读《尤利西斯》同时，那些阴郁的日子里，还捧着这两卷海德格尔读个不停。我读书，采取的是涸泽而渔的办法，喜欢这个人，就买来他所有作品的译本，直到最近还在买商务印书馆出版的他的文集。他对于技术的追问、科学与沉思的思考、语言本质的探讨，给我观察身边光怪陆离的消费世界和无所不在的技术控制提供了依据。

转眼间，我离开大连已经超过十五年，在上海生活已经超过我在大连市区里的生活时间。然而，闭上眼，我发现，我跟乔伊斯对都柏林的了如指掌一样，在大连，我从不迷失方向；而上海，我从来都没有这种把握。这就是故土？大连，是我的都柏林吗？

5. 米兰·昆德拉作品

布拉格，是什么样子，照片上看，很精致、很漂亮，不过，提到米兰·昆德拉，我想到的总是，读大学时，光线不足的宿舍，我是在那里读的这些书。宿舍很狭小，中间有一排公用的桌子，两边是上下床，一个房间有八个人。走廊里混合着水房里飘出的各种气味，某位老兄拖鞋与水泥地摩擦的慵懒声音，还有录音机放出的流行歌曲。我们宿舍里曾有一台破录音机，循环不断放送的是郑智化的《水手》《星星点灯》。我的书都堆在床下的纸箱和皮箱里，每个学期结束带回家，有时候撑不到一个学期，父亲到市里出差时也会帮我捎回去一些。在这样的环境中，坐在书桌前看书显然不大适合（那书桌的更主要功能是打牌），每个人都是躺在床上——这算是私人空间——看书。这个学校显然不是什么"一流"大学，清华、北大学生那种要到图书馆抢座位的情形，我从来没有见过，尽管这里图书馆座位很少，但请放心，座位不用抢，除了完成老师作业，好像没有谁喜欢泡在这里。这个学校里，下了课，女生们都花枝招展买零食或会情人去了；男生们是打扑克，逛大街，看录像，踢足球。这些事儿，我都不大在行，我所能做的只有：在城市街巷中漫游，在教室里写作（教室里常常还有一名女同学，在抄写、背诵英语单词，偶尔，我们会聊两句，然后又接着各做各的事情），在宿舍的床上看书。

1990 年代的中国，比之前少了很多禁忌，或者说，潮水涌来，再也挡不住了。像米兰·昆德拉的小说，1980 年代上半期估计很难在中国顺利出版。尽管到 1990 年代，书上还印着"内部发行"，但这只是标签，有一阵子他的书摆满街头的书摊。这批作品大部分是放在"作家参考丛书"中由作家出版社出版，32 开本，亚膜的封面，印制比较简陋，但是封面设计醒目、有特点。我不知道，那几年它共印了几次印了多少，我看的第一本昆德拉的小说是《生活在别处》。昆德拉，何许人也，知道不多，盛传他的小说里性描写很多。那时候，写"性"成了文学作品不可缺少的作料，亨利·米勒的书印得花花绿绿，到处都是。《查泰莱夫人的情人》反复被盗印，我买了一本，看完后塞到床下，没过几天就被同学偷走了。所谓的"陕军东征"那些作品，《废都》《白鹿原》，等等，好像都在比赛把"性"写得惊世骇

我大学时代阅读的米兰·昆德拉的书是长这个样子的，"作家参考丛书"这个名字耐人寻味。

俗。可是，昆德拉的小说，我一看，就是蜻蜓点水嘛，大失所望。失望之后，发现我没有看懂，不知道他在写什么，书里有大段的议论或曰哲学思考，这叫写小说？继续读他的其他的作品，仿佛又明白了一点儿什么，特别是看到极权主义下人的扭曲、惊惧和不同选择，似乎也不难理解。当时还有一股昆德拉的语言潮流。比如，"媚俗"这个词，不知多么频繁地出现在论文中、媒体里。那是一个商品大潮刚刚开闸的时代，人人一面扬扬自得地"媚俗"，一面故作高雅地批判它，这是很有意思的文化现象。昆德拉的小说题目，也变成流行语：生活在别处，生命中不能承受之轻，为了告别的聚会……大家不问究竟，脱口而出。

十多年后，上海译文出版社推出米兰·昆德拉作品的新译本，我相信从准确上，它们更可信，可是看到有教授出来辨书名，觉得他可能陷进昆德拉引用的那句犹太谚语中了："人们一思索，上帝就发笑。"《为了告别的聚会》译为《告别圆舞曲》，《生命中不能承受之轻》译成《不能承受的生命之轻》，或许都更符合作者的原意，可是，他忘记了，人们的情感记忆中早已接纳了前面译名的语言节奏，语言在准确之外，语感、语调甚至美感更重要。当年的《生命中不能承受之轻》是韩少功、韩刚译的，教授跟作家争辩语言，你说读者会更相信谁？我真担心是自取其辱。是啊，《告别圆舞曲》或许更体现昆德拉对作品音乐性的思考，然而，总让人想到这是一部古典作品，"为了告别的聚会"，相反相成中有一种语言的张力。这是多么棒的书名，当年，我还曾送给一个女生一本这书，就是看中这个书名，结果，未曾"告别"成功，后来天天"聚会"。人，无法反抗自己的命运。

我追随昆德拉阅读，一直到前两年他的《庆祝无意义》，很难说昆德拉就是多么伟大的小说家。然而，他的小说，尤其是他的小说论，对我产生了很大的冲击。它们动摇了我过去接受的很多思想教育，动摇了固有的、单一的小说观念。昆德拉说过："小说家跟这群不懂得笑的家伙毫无妥协余地。因为它们从未听过上帝的笑声，自认为掌握着绝对真理，根正苗壮，又认为人人都得'统一思想'。然而，'个人'之所以有别于'人人'，正因为他窥破了'绝对真理'和'千人一面'的神话。小说是个人发挥想象的乐园。那里没有人拥有真理，但人人有被了解的权利。"（《人们一思索，上帝就发笑》，《生命中不能承受之轻》第 339 页，韩少功、韩刚译，作家出版社 1991 年 3 月 1 版 4 印本。本文也是《小说的艺术》最后一章，但我对比了孟湄、董强和韩译三种译本，决定还是选用韩译）他还说："小说的母亲不是穷理尽性，而是幽默。"并强调："我觉得今天欧洲文明内外交困。欧洲文明的珍贵遗产——独立思想、个人创见和神圣的隐私生活都受到威胁。对我来说，个人主义这个欧洲文明的精髓，只能珍藏在小说历史的宝盒里。"（同前，第 340、344、345 页）这些观点渗透在他的那些谈论"小说的艺术"的随笔中，《小说的艺术》《被背叛的遗嘱》《帷幕》《相遇》，我认为这些作品的贡献不低于昆德拉的小说。我最初读《被背叛的遗嘱》，用的是上海人民出版社、牛津大学出版社 1995 年版那个本子，封面是深蓝色的，有昆德拉的黑白照片，那张面孔似乎很特别。孟湄的译文有些疙疙瘩瘩，但是，还是震撼了我。我明白了什么样的小说才是真正的小说，好小说，伟大的小说。这些随笔，比大多数中外学者的"文学理论"更让我领悟文学的真谛。读那本书时，大概正是世

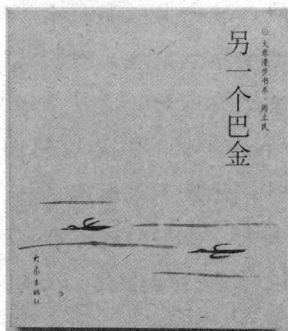

《被背叛的遗嘱》《相遇》及我的一本书《另一个巴金》（大象出版社 2002
年 3 月版），前两者后来还有不同的版本，我也尽收囊中。能与这些书相
遇，我感到很荣幸。

纪之交，2003 年余中先的新译本（上海译文出版社）我
也读了好几遍。它直接诱发了我的当代文学评论的写
作，有昆德拉树立的这些标准，我对阅读的中国当代小
说有了一点点感受和判断，也充满激情地写下一篇篇阅
读感受。这要感谢昆德拉，连文章该如何分章节，调整
节奏，并形成统一格局，教我的师父都是昆德拉。

　　甚至在我的第一本书后记中都能找到阅读昆德拉的
痕迹。这篇写于 2001 年 1 月 1 日，也就是新世纪第一天
的后记中，我直接引用昆德拉的话：

　　巴金的许多岁月是和我们一起走过的，在这些岁月
中，我们又做了什么，我们又是否挺身而出了？对此，
巴金感到羞愧，我们就可以大言不惭？这令我想起了前
不久看到的一段米兰·昆德拉的话，他说："人是在雾中
前行的人。但是当他向后望去，判断过去的人们的时
候，他看不见道路上任何雾。他的现在，曾是那些人的
未来，他们的道路在他看来完全明朗，它的全部范围清
晰可见。朝后看，人看见道路，看见人们向前行走，看
见他们的错误，但是雾已不在那里。""看不见马雅可夫
斯基道路上的雾，就是忘记了什么是人，忘记了我们自
己是什么。"（《被背叛的遗嘱》第 222 页）我们没有权
利因为今天烟消雾散就去嘲笑昨天还在烟雾中跋涉的人
们。评判一个历史人物需要放在具体的历史情境中进行
分析，说这些并非是推卸历史责任，而只是强调对历史
人物所活动的历史环境的了解和认识的必要，对巴金
也同样，我们不需要造神，但更不应随便将我们精神
和思想文化上应有的积累一笔勾销。（《另一个巴金》
第 225—226 页，大象出版社 2002 年 3 月版）

　　回想自己四十年的阅读，我觉得"在雾中前行"的比喻很贴近。很多书，最初接触时候，我并不十分明了，读过了也不见得清楚，但是，在大家一路相伴地前行中，偶尔回头时，雾消云散，一切都明晰了。这也不等于说，当年的相遇都是错误的，每一段经历都有不可替代的记忆，经历就是不枉的财富，彼时彼地的体验照样值得珍惜。回首来时路，那些带给我深深记忆的书，不可胜数。比如，有两套全集，一直与我相伴，《鲁迅全集》《巴金全集》，它是我精神的水源。还有的书，带着记忆的伤痕，我不敢轻易翻起，比如，赵振江译的两本洛尔卡的诗集《深歌与谣曲》与《诗人在纽约》（上海译文出版社 2012 年 3 月版），2012 年 3 月，我在季风书园买的，放在枕边断断续续地读着。当年，8 月 3 日清晨，我得到爷爷去世的噩耗，而前一天晚上，我读的就是这诗集，我再也不敢翻开它。近六年过去，我最近才有勇气读下去，读到的一首居然是："谁能说曾见过你并在什么时候？/被照亮的黑暗令人痛心疾首！/钟表和风同时发出声响/当失去你的黎明升起在东方。"（《悼何塞·德·西里亚·伊·埃斯卡兰特》，《诗人在纽约》第 275 页）爷爷去世在"黎明"即将升起时，也是上海台风来袭时，文字与心情有时候真有一种冥冥中的牵扯。记得那天，在机场候机，我发出这样一则微博：

　　多少年前，他用借来的小学课本教我最初认字：人、口、手、山、石、土、田……前几年，眼睛失明，我的书他都读不了。今天清晨，他突然离去。他是我的爷爷，一个月前还跟我说，一辈子吃了很多苦，还做过日本人的劳工，现在终于结束了八十六年的人生劳役，祝福他从此快乐。正赶回家乡路上，据说那里大雨倾

盆……（8 月 3 日 13：06 来自 Android 客户端）

那一刻，记忆和情感，再一次照亮了最初的路。

2018 年 2 月 4 日晚写完

2 月 7 日改毕，3 月 18 日再改

那些年，我买不到书

　　屋子很黑，只有一束光打在书上，封面是鲁迅的浮雕，还有绿绿的两个字的书名：呐喊。心中像揣着一轮满月，惊喜异常，手却是颤抖的，可是一翻开书，全暗下来了，什么也看不到了……这是少年时代我做过的梦。那些年，我买不到书，日思夜想，做梦也离不开书，有时候，连书名都一清二楚，都是想看却买不到的书。

　　我们镇虽说是远近闻名的古镇，在交通要道上，传说当年唐太宗还曾驾临过，不过，规模并不大，全镇也就三四万人。从民国的县志上看，镇中心有南北纵贯的大街，街市沿街而建，再就是一条通往大连和安东的大路，呈东西走向，这个十字形的大格局，到我小时候也没有变化，不过多出几条毛细血管样的小岔路而已。镇中心有个供销社，四层楼，是我上小学时盖的。它是整个镇上最高的建筑，我们都叫它"大楼"，俨然是王府井百货、南京路一百。记得刚开业时，三乡五野的人都去"逛大楼"，盛况空前。大楼的三层有个文化柜台，一半卖文具，一半卖书，书放在玻璃柜里，须招呼店员取出来才可以翻看。那个店员，见人似理非理，整个大楼，这一角最清闲，他也像抽了大烟似的，没有精神。柜子并不多，卖不了多少书，可那也是我少年时代流连忘返的地方。它让一个少年的目光穿越了故乡的偏僻，让他的心跑得更远。先是买小人书，后来知道了几个作家的名字，一心想买名著，特别是我读过一本类似中外名著提要的书，对里面介绍的名家杰作更是倾慕不已。心似大舞台，容纳古今中外，可小小的图书柜台只能是"有啥吃啥"，没有任何选择的余地。偏偏少年气盛，恨不得将全世界都收入囊中，也难怪总做那连连失望的梦。

　　猝不及防的惊喜也有，但未必是为我准备的。记得有一次来了上下册的《东周列国志》，总算是"名著"的表亲了，我央求爸爸给我买。不知道爸爸那天都遇到了哪些人，反正他回来说："所有人都说，小学生绝对看不懂这书。"——要是在今天，我一定会反驳："谁说看的书一定都要懂？"就像我们谁敢说领悟了生命的真谛，但一个个不都活得好好的吗？不过，真应了那句：有些事情，错过了也就永远错过了。这书我至今不曾读过，现在也不大有兴趣读了。我自己倒买过一本薄薄的《唐诗百首》，三十二开窄条本，绿色的封面，有梅花衬底。这书至今还放在老家。我去网上查了下，是戴明暄、张清华编，中州古籍出版社 1984 年 9 月初版，有 1986 年 6 月 2 次印本，估计我买的应当是这个本子。书仅有 131 页，选的都是唐诗名篇，有简注，适合程度低的人阅读。我在电台"文学欣赏"节目里听过崔护《题都城南庄》一诗的"本事"（那时候的电台节目多么高雅啊），对这首诗很感兴趣，很希望能查到这首诗。记不

以今天购书之方便，无论如何也想象不出，我们读书的年代要想得到一本渴望已久的书会是有多么难。以鲁迅作品为例，我第一批阅读的都是特殊年代印出的，浮雕像封面的单行本很好，可惜是没有注释的白文本。当时凡是有书的人都会被我麻烦，有同学曾送我《鲁迅小说诗歌散文选》，我很珍惜它。现在图中的是岳父的藏书，封面有他的签名，两代人在读书中的"相遇"，令我惊喜。可惜在他生前，我从未有机会与他交流读书的看法。最下图的《呐喊》，是我买到的第一本鲁迅的"新书"，已是高中时代了。

得《唐诗百首》里是不是有这首，反正那段时间没缘由地迷恋唐诗。书海茫茫，为什么让我撞见这一本而不是那一本，仿佛都是宿命，邂逅，错过，重逢，追忆，恰似"人面不知何处去，桃花依旧笑春风"，这一切又不知不觉决定着我们的命运。唐诗，显然是我的文学初恋，而文学无疑彻底改变了一名农村少年的人生。

一本本买不到的书，像毒虫一样折磨着我的心，特别是上了初中，开始接触更多的现代作家作品。我想读鲁迅的书都买不到，家里只有《朝花夕拾》《准风月谈》（我是过了好久才弄懂这个书名的意思），而我更想读《呐喊》，因为课本上很多我喜欢的篇目均写着"选自《呐喊》"。朝思暮想不得见，才有了那样的梦。后来还想读《野草》，因为我喜欢的又不明不白的很多句子都出自该书（据说现在中学生"三怕"中就有"怕周树人"，有些语文专家挖空心思说鲁迅"不适合阅读"，但我确实是念初中时开始迷恋他）。后来的野心当然更大，希望有一部《鲁迅全集》……这在当时是更厚的天方夜谭。我那时还想买《朱自清散文选》，因为读他的《春》，"盼望着，盼望着，春天来了……"心动不已，他写的全是我眼前的景色，一个人怎么可以有这样一支绘尽别人心头色彩的笔呢？

买不到书，我居然想出一个笨办法，就是从各种散文选本中把朱自清的文章一字一句抄到一个本子上——莫非这是我编书生涯的起始？当年那个买不到的书单如果开列出来会很长很长：《子夜》《家》《郁达夫散文选》《红楼梦》《契诃夫小说选》《莫泊桑小说选》《悲惨世界》、屠格涅夫散文诗、《静静的顿河》……这些都是我通过介绍，或者读了其中一个片段、一篇之后想进一步阅读的书，反正胃口越来越大，越得不到越心急如焚。

对了，我买到过高植翻译的《战争与和平》，兴奋异常，那是在冬天，呵口气眼前都起白雾的日子，我骑着自行车，等不得回到家，就在已经收割完的稻田边翻了起来。看了半天，也没有觉得怎么样，兴奋劲儿凉了不少。回到家里，才发现这书应有四册，而"大楼"只有第一册，好长一段时间，我在柜台前转来转去，都希望其他三册突然能冒出来，那可就喜从天降了。可惜，这又是一个梦。

计划和目的，对于人生往往是无效的。想一想，纵然我美梦连连，可是在"大楼"的柜台前，供我选择的书就是那么几本。但从另外的角度看，人生的一切何尝不是从有限中获得无限呢？那时，国内刚刚重印《传奇》，我根本不知道张爱玲何许人也，也不知道"张爱玲热"方兴未艾。那本淡绿色封面的《传奇》在书柜里放了好几年，有一阵子，我去"大楼"总是空手而归，因为没有新书可买，有一次我觉得只好买这本了。可见，选择并非都是有着清楚目的的。买不到书的日子里，捡到篮子里的都是菜，而且都当美味佳肴对待，很多书朝夕相处，都是看了又看。不像现在，有很多书只是翻一翻就永远堆在那里了。当年的购书饥渴也给我留下严重的后遗症：凡是我喜欢的书，不只买一本、一个版本，常常是买了一本又一本，比如，现在家中每个房间里都有鲁迅的书，走到哪里伸手都可以抽出一本。

买不到书，阅读范围狭小，现实的限制，成长中的贫瘠，这些都是不利的条件。然而，它们也可能催生出更为强劲的力量。比如，我后来一直渴望"走出去"，要到县城去读书，就是因为那里的书店明显比"大楼"大得多；没过几年，我又发现市里的书店更大。而在大连，几年下来，大小书店逛遍了，我还是觉得北京、上海的书店好，书的种类齐全，品种多，新书来得及时……一些人或许会觉得好笑，但是，那些年吸引我改变人生选择，或是奔跑目标的，竟然是一个地方的书店。

今年春节前的一天，我回到故乡，小镇上已张灯结彩，年味十足。在熙熙攘攘的人流中，我又来到"大楼"脚下，它早已失去当年的风采，呈现出一片破败的景象。我抬头望了望，仿佛三十年的光阴月影就在这驻足和转头之间返回眼前，当年的少年如今头上已有白发，而那些买不到书的日子，仍然清晰如昨……

2014 年 7 月 10 日晚

我的文学初恋

　　夜深人静，我经常像一只老鼠蹑手蹑脚地从一个房间钻到另一个房间，在这堆书或那个书架上寻找"食物"。找书，是夜晚的烦恼。冬天围着棉被哆哆嗦嗦不说，夏天，汗流浃背也难免，关键是累得气喘吁吁还常常劳而无获。明明记得在那个书架上，偏偏就没有，连书的封面是黄的还是绿的，都还记忆犹新，它却像贼一样躲着你。偏偏深夜里，大脑细胞又异常兴奋，读了这本书想到那本，由那本又想起那些，脑力劳动就变成体力劳动，体力活儿最后又化成又恼又恨的情绪波动……都是书多惹的祸。书多了，人反倒更迷茫，它们甚至稀释了阅读的浓度，看似繁花似锦、好不热闹，眼花缭乱中其实并没有想要的春华秋实。一不留神，躺在书堆里，我们反而成了阅读上的穷光蛋。

　　我有时倒怀念起书籍贫乏的时代，在那些想读书却不容易买到、借到的日子里，我与书的关系是多么亲密啊。小时候，在农村，没有藏书百万的图书馆，也没有高大宏伟的书城。镇上仅在供销社柜台的一角卖书，县城中的新华书店还没有当今一些阔人的书房大。父亲算是个爱书人，我们家里有他订的杂志，新旧杂陈的藏书，比起有的人家，除了月份牌、农家历和糊在墙上的报纸，一年到头再也找不到一张带字的纸来，我已经是一个"中产阶级"了。可是，不是想看什么书就能看到，家里有《水浒》，村里能借到《三国演义》，《西游记》看的就是小人书，而《红楼梦》总不可得，因为农村人觉得这部书腻腻歪歪最没有意思。像农人耕地一样，一切靠天吃饭，我的阅读不仅难得系统，而且斑驳杂陈。很小的时候，我一面看《毛泽东选集》和《红旗》杂志，兼带着读毛泽东、朱德、陈毅、郭沫若诗词，另外一面是鲁迅的《朝花夕拾》《准风月谈》《彷徨》，还有"文革"结束后出版的《燕山夜话》合集。小娃娃的童稚宝典《格林童话》《安徒生童话》等，我根本没有读过，不是不想读，是找不到。

那时，在我的图书财富表上仅有百十本书，然而它们都是我最亲密的恋人。我敢说，半夜里，要想找一本书，根本不需要开灯，我精确地记得它们的位置，黑暗中只要摸摸书脊，就知道这是哪本书，就像你拉着恋人的手一样，那种微妙的感觉只有你们两个人才有。那些书，拿在手上，就放不下，那是些青梅竹马、耳鬓厮磨的小伙伴，是读了五遍还要再读的书。后来，有个很流行的问题，就是如果你一个人去孤岛上，你会带什么书，这等于在问什么书对你最重要。我想说，对于人生而言，遇见和不遇见，在哪里遇见或又怎么错过，有时候是命运的安排，而不是自我的选择。我想到少年时代翻来覆去在读的书，也恰恰如孤岛之书，我完全不知道外界的出版信息，不知道当时什么轰动什么热门，与它们相遇仿佛都是偶然。然而，这些可能都不重要，重要的是，既然相遇，便彼此珍惜、不离不弃。

我想起与几部古诗选的美丽邂逅。大约读小学四五年级时，我买了一本薄薄的《唐诗百首》，带有浅显的注释，从此，听到人们谈论什么诗，我回家就赶紧查一查上面有没有，这个过程很兴奋，是发现的兴奋，是世界被打开的惊喜，那些遥远的、陌生的诗人，在我与他们的作品亲密接触的过程中也成了我熟悉的朋友。但是，读书人都是不知满足的负心汉，过了一段时间，失望的情绪就漂浮起来了，我要查的诗，不在"百首"之内。感谢父亲，在我要上初中那一年，他买来两卷本的《唐诗选》，这是人民文学出版社所出的"中国古典文学读本丛书"中的一种，由中国社科院文学研究所编，具体的编者是余冠英、王水照等人，选了诗人一百三十多家，诗六百三十多首，对于一个少年来说，这已经是丰盛的大餐了。我永远忘不了，每天做完作业后，抚摸着那深绿色的封面，面对着即将打开的唐诗世界，我的那种神圣和激动。先从自己喜欢的李白读起，接着是杜甫，相对于逸兴飞扬的李白，老杜显得工整了些——其实是一个孩子的阅历不够。白居易也好，朗朗上口，至于李商隐，好像很喜欢，念得也挺熟，总是似懂非懂。喜欢的诗读十遍八遍也不厌倦，真像是恋人天天泡在一起还嫌时光匆匆。后来，我还起了一点小小的野心，不是查阅、挑着读，而是从头读起，一天读一两首。从魏征的《述怀》开始，"人生感意气，功名谁复论"，小孩子心头哪里有什么功名，这首没意思；到王绩的《野望》，"长歌怀采薇"，看了注释也不甚了了，但"树树皆秋色，山山唯落晖"，因为在乡间，诗中的四季仿佛千百年来没有变过，春花秋月，夏雨冬雪，绿树村边合，明月松间照，长河落日圆，夜来风雨声，几处早莺争暖树，千树万树梨花开，无边落木萧萧下……眼前的景就是书上的诗，读了书上的诗再看眼前的景似乎更明亮、更立体了。我们一群野孩子曾经偷得家里的火柴在深秋的荒地中点燃野草，并高吟"野火烧不尽，春风吹又生"……熊熊大火照亮了我的少年记忆。

出现在我生命中另外一个诗歌读本是《唐诗鉴赏辞典》，上海辞书出版社1983年12月第一版，父亲买来的是1985年2月第2次印刷本，当时的定价是九块八。大雪过后，严冬统治着大地，一个日暮时分，父亲拿回了书，书前插图有一幅王维的《雪溪图》，这太像我们那个小村庄了。灰暗的天空下，因为雪、树、房子，远天，晦暗不明，又十分透亮，书中"林表明霁色，城中增暮寒"这样的句子写的就不是唐代了……这本书让我明白，诗不仅要一遍遍地读，还要"鉴赏"，因为每首诗后都附有学者的鉴赏文字，将诗句中的言外之意向我道出，那些我最熟悉的诗句又变得陌生了。一段时间里，我翻来翻去，把自己喜欢的诗和它的鉴赏文字都查了一遍。眼前的景、心中的情、纸上的诗融合在一起，化作我生命中的一部分。我曾说过，唐诗是我的文学初恋，是它让我感受到文字的精妙、四时的奇妙和生命的微妙。

在我初中毕业那一年的夏天，我还抄完了一整本《千家诗》，那是长春古籍出版社的影印本，每页上端还有配图，书是我从镇上的文化站借来的。我几乎抄了一个夏天，连后面的《笠翁对韵》都抄了下来。每天清晨，与爷爷奶奶一起给园子里的菜浇完水，在明亮的太阳将炎热带给大地时，我进屋，在饭桌前，摊开学生用的练习本，开始读诗、抄诗；每天午睡后起来，也是这样。爷爷奶奶坐在桌旁，讲着闲话，我也偶尔插几

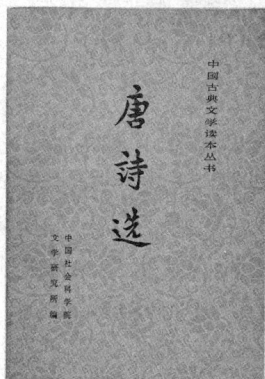

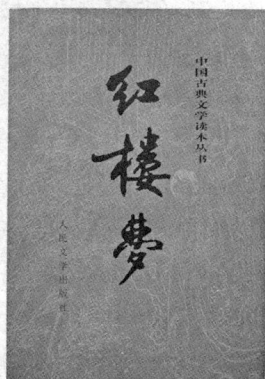

《唐诗选》《唐诗鉴赏辞典》是父亲送我的书，在图书贫乏的时代，家中不时会新添一些读物，应当感谢父亲。多年过去了，唐诗读物、选本如雪花满天飞，但是对普通读者而言，我认为没有几部书可以超过这两部。另一本《红楼梦》，虽然封面相同，但是缺刘旦宅的插图。我攒钱买过三卷本《红楼梦》，大概是1988年暑假，十分珍惜。后来被一位烟鬼朋友借去读，还回来仿佛是在尼古丁里泡过的，我想起"借书一大傻"的话来……呜呼，我的《红楼梦》！

句……二十六年前的情景永远也不会复现了，但是古诗在我生命中的记忆却似清晨菜叶上的露珠，浑圆欲滴，什么时候都是清新的。

意大利学者翁贝托·艾柯曾说过："看完一本书之后就将其抛弃，就好像刚刚跟一个人发生了性关系就再也不想见到他一样。如果真的发生了这样的事，那只是生理上的需要，而并不是爱。然而我们必须能够和生命中的书籍建立起来恋爱关系。……每一次阅读我们都会发现新的东西。之所以说是一种恋爱关系，是因为在热恋中的人们每一次见面都会愉快地感觉似乎是初见。"（《植物的记忆》，《植物的记忆与藏书乐》第 14 页，王建全译，译林出版社 2014 年 8 月版）跟书谈恋爱，是一件多么美好的事情啊。

曾几何时，我却发现，自己从穷小子变成了"暴发户"，我再也不用担心买不到书，再也不用忧虑没有书读，每天都有书飞到我的书桌上，我想读的书，常常不是一本，而是有三五个甚至七八种版本，小时候博览群书的梦想似乎就在眼前。可是，美丽的姑娘多了，我也成了花花公子，三心二意起来。有人曾拿古诗词与现代诗作比，认为现代诗如何不好，经过时间检验的东西当然纯度更高，但是，仔细想一想，我们何曾像对待《唐诗三百首》那样对待过现代诗呢？一首唐诗，一辈子我们读了多少遍，咀嚼了多少回，已经成了我们的亲人，而现代诗却只是拉拉手就抛开了的姑娘。对于一个现代人来说，我们接收的信息不是太少而是太多，一个认真读书的大学生可能读的书都比古代学富五车的大学者多了，多而不精则是我们致命的弱点，好像一个只知道匆匆赶路的人，停不下脚步，跟书谈恋爱的感觉淡了下来，一个姑娘的脾气还没有了解，就移情别恋了。苏东坡说过："故书不厌百回读，熟读深思子自知。"有几本书是我们"百回读"的呢？沉潜往复，从容含玩，恐怕才是读书的真义。

　　生命中没有必读书目，到了一定年龄，我不再追求阅读的数量，更不想去赶阅读的时尚，只想静静地读"我的书"，如同追求生活中的另一半一样。这几年，让我感到最享受的事情便是重读旧书。——那些多年前读过的书，那些自以为读懂了的书，那些读着读着便有了初恋般感觉的书。它们或是唐诗宋词、《红楼梦》，或是周氏兄弟（鲁迅、周作人）、老托尔斯泰、乔伊斯，或是巴金的《随想录》，枕边床上，与它们朝夕相对，这是旧情重温、旧火重燃。这是恋爱的滋味和幸福，有时候不禁要感叹：年轻时，我们不懂爱情。

2015 年 4 月 23 日凌晨于吴兴路

一星灯火

　　大概是我上初中的那一年，镇上有了一座新的影剧院，就在镇政府后面的几百米处。镇子不大，一纵一横两条大马路，差不多就概括了。供销社，三棉，被服厂，机械厂，粮库，二中，邮局，医院，派出所，哨所……这些单位，如今仍像无声影片一样在我的大脑中放映出来。镇子小，影剧院就显得不小了。它坐北朝南，横在一条街的北头，远远地就能望见。在小镇略显空旷的西北角出现这么一座"宏伟"建筑，沿着楼前台阶拾级而上，感觉就像走进人民大会堂。——作为小镇商业中心的供销社，原来也不过是一排房子，也是那几年，才搬到东面一座四层楼里，那已是全镇独占鳌头的建筑了，以至人们径直以"大楼"相称。这么看来，"横空出世"的影剧院在小镇算是"巨大"的存在。

　　可是，我怎么也搜寻不出在这里看电影的记忆。农村孩子看电影，基本上是免费的露天电影。花钱买票，那是铺张浪费。如果是夜场电影，我也不大可能专门赶到镇上去看，我们的"夜生活"基本上就是与星星、月亮相伴，去镇上"浪一浪"的时候屈指可数。至于演剧，小镇上猴年马月能来一回剧团呢，当然也不会有我等小毛孩儿什么事儿。记得我听过刘兰芳的评书，好像不是在这个影剧院，而是机械厂的礼堂。总而言之，这个影剧院，我从外面顶礼膜拜走过的次数，比走进它的次数要多得多。

影剧院正对一条街，穿过"一纵"的"大国道"往粮库和二中方向去了。每月逢初几、十几的（我记不清了），这里就是集市，四里八乡的人洪水一样涌了过来，赶集就是参加小镇的狂欢节。平常的小镇，除了大国道上汽车不断而外，街道只有三三两两稀稀疏疏的人，集市就是另外一个世界：路两边摆满了各种各样的摊位，蔬菜，水果，家用品，衣服，小吃……孙悟空吹了一口气变出来似的，让人目不暇接。原本的无声电影，这时已经配上音，立体音效：叫卖声，问询声，熟人打招呼声，后来还有录音机放出的流行歌曲声，混杂在一起，弥漫在小镇的上空。人流是开闸的水，密不透风又不断向前涌动。大家仿佛漫无目的，缓缓前行，又像老鹰啄食般精确地找到某件东西，停在摊前讨价还价。乡人们起得早，露水还没有消去就来赶集，等日上中天，已经回家做晌午饭了。

那一年暑假中，我随大人来赶集，不买什么东西，看热闹而已，大饱眼福之后，便站在影剧院的台阶上看光景。人们常说"冥冥之中"，的确有很多事情命中注定你却浑然不觉。比如，在影剧院的台阶上无所事事地转悠，望着市场上闹嚷嚷的川流不息的人群，我完全没有意识到，接下来那一刻发生的事情有可能影响我以后的人生道路。我记得在影剧院东侧一间锁住大门的屋子里有几排书架，架上排满了书，有的纸张已经略黄。屋子的窗通透宽敞，挂着窗帘，但是我能够看清楚的书名有限，不过这些书足以让我怦然心动、脸红耳热；看不清楚名字的书，对我诱惑更大。——仅有六七排书架吧，与很多人的个人藏书都没法比，可是在当年的小镇上，这已是"汗牛充栋"了。要知道，镇上我还能看到书的地方，只有"大楼"（供销社）四楼一角的柜台，有两三百本书顶多了，而且常年难见一本新书挤进来。再就是邮局有个门市部，卖一点杂志。而那个年月，我读书是狼吞虎咽、漫无边际，好像再多的书也填不饱我的胃口。家里藏书有限，想看的很多书都找不到。已经有好几年，我读了鲁迅的几篇小说，想看看整本的《呐喊》，买也买不到，借也没处借。有一次做梦梦到一本《呐喊》，我拿在手里，满心欢喜，刚刚翻开，一个字都没有看清楚就醒了……我万万想不到，就在镇上，有一个地方，竟然还藏着这么多的书！

我很快就打听清楚了，这是镇文化站的图书室。——当时是暂借在影剧院的一角？我记不清楚了，等我走进它的时候，文化站已经搬到影剧院西侧的一个小院里。这里并不是对公众开放的"图书馆"，只是内部图书室，估计是为了配合检查、考核之类才不得不配置的。它基本上不对外开放，至少三年多，除了我，我没有见过还有谁来借过书。熟了之后，我才弄明白，整个文化站只有三个人守着：站长赵老师和管图书也要管其他事情的王老师，还有一位应该已经退休的贾大爷，他们还经常不在，要去开会之类的。小镇的好处是熟人社会，熟人好办事。街上走过一个人，两边的人立马能把他的祖宗八代都报出来。我能够有幸走进来，跟父亲与文化站的几位老师熟悉有关。文化站人手有限，杂事不少，我的到来，完全不在人家的工作范围里面，是给他们添麻烦。

图书室在文化站西侧的一间房里，房间不大，可容身的空间更小，高高的书架遮挡住光线，尽管开着灯房间还是有些暗乎乎。不过，它却将一束明亮的光投进了一个农村少年的内心中，给我打开了一个新世界：原来在课本里只是知道名字的作家，这里摆放着他们活生生的作品，厚的，薄的，我惊喜地翻动它们时，有一种按捺不住的激动，它们呈现给我的是远远大于小镇、大于我目光所及的世界。其实，这里的书不多、不新、不系统。多为"文革"结束后几年出版的，偶有新书补充进来也数量有限；多为中国的现代和当代作家作品，中国古典文学、外国名著不多；采购的偶然性很强，常常有这本没有那本，比如，我想看巴金的《家》，这里却只有《春》《秋》；鲁迅的书，连一套鲁迅全集都没有，只有单行本，还严重不全。有的文集，有头两卷，后面出的就没有了……我没有挑剔，这里已有的书已经让我有老鼠掉进米缸的满足和应接不暇。我每一次不好多借，大约只有三五本吧，脑袋里总在盘算下一次、再下一次借什么，究竟是先读这本，还是那一本……打算借的书，放在哪个书架的某个位置，我都一清二楚，当时甚至认为做个图书管理员是世界上最美的差事。我贪得无厌，尤其是在假期，很快就把借的书读完还回。那时候最苦恼的事情，就是来了之后，文化站大门紧闭或管图书的王老师有事不在，我只好空手而归，那种沮丧好像心落到了幽暗的无底洞中。记得，初三毕业那一年暑假，刚刚下过雨，烈日当空，路上满是泥泞，我不管不顾迫不及待地骑着轮子上沾满泥巴的自行车去文化站还书、借书。

在《三十年前的夏天》一文中，我曾经列数了一些半年内读过的书，这是从当时的日记中抄出来的书目，除了《巴金六十年文选》《论庚辰本》和几种杂志外，其他的应当都来自文化站的图书室："我粗略地查了一下，考试前的这半年，我居然还看了这些课外书——《二心集》《集外集》（鲁迅）、《巴金六十年文选》《探索与回忆》（巴金）、《往事与随想》（赫尔岑）、《烟》（屠格涅夫）、《花城》（秦牧）、《马克思传》（梅林）、《郭沫若传略》（陈永志）、《暖晴》（韩少华）、《宗璞小说散文选》、《小说界获奖小说集》（1981—1983），还有两部不记得谁写的书——《中国一百个军事家》《短篇小说创作方法》。另外，《人民文学》《散文》《散文世界》是我每期都看的杂志。这些书，多半都是从镇文化站图书室借来的，那个图书室只有两三千册书吧，却在我那几年的阅读中扮演着重要角色。"在我的《〈随想录〉版本摭谈》一书中，我还写过这么一段话："四集《巴金近作》，我最先读到的是第三集《探索与回忆》，人与某部书的相遇，有时候有着很偶然的因素，就像在茫茫人海中遇到某个人并成为朋友一样，它并不一定有什么规律。能够读到《探索与回忆》，那是因为 1988 年的春天，我读完《春》《秋》之后，开始更加关注巴金的作品，而我们镇上文化站小小的图书室中恰好有这本《探索与回忆》。我不知道这本书是谁买回来的，它被我借来，让我读到了《随想录》之外，《创作回忆录》中的内容，还有巴金对自己文学生涯回顾的《文学生活五十年》等。它进一步打开了我对巴金的世界的认识，《火》《砂丁》《还魂草》等名字第一次出现在我的面前，让我知道了《家》《春》《秋》之外，巴金还写过很多很多东西。"正是在这些看似杂乱无序的阅读中，我渐渐完成自己最初的文学启蒙。

一个初中生，读过几本书，却不一定都能读得明白，很多知识上的障碍就无法解决。比如，四大厚本"沫若自传"，有些章节读得津津有味，可是当时我对于现代文学史和现代史的了解仅仅大于零吧，里面提到很多人物和事件，不知道来龙去脉，能领悟多少可想而知。记得郭沫若在自传中对于邓演达的军事才能非常推崇，可我只知道周恩来、朱德，邓演达是谁？没听说过，也找不到工具书可查，不过，也就这么囫囵吞枣读下去了。然而，我相信就像运动员的很多动作要建立起肌肉记忆一样，阅读建立起来的语言记忆在任何时候都不是无效的。而且，"偶遇"中，默默地就决定了一个人以后的道路。那几年的借书，至少让我做了巴金先生一个忠实的读者，我在苦苦地追寻着能够找到的他的任何一本书，我开始关注他的只言片语和任何相关的消息，不是阅读，是反复阅读。我甚至关注到一本书，勒口上的作者简介中有"巴金"二字，那就是李辉的《胡风集团冤案始末》，简介中说他写过《巴金论稿》（与陈思和合著）。我便写信向他讨一本书，由此与他建立起书信联系。后来，他又把我推荐给陈思和老师。这两位老师和他们写的、编的书，多少年来一直引领着我，特别是关于巴金的阅读。多年后，当我有机会站在巴金先生书架前时，我立即找到了其中的一个，太熟悉了，《探索与回忆》前面有一张照片，巴金先生就是站在这个书架前拍的。而我的眼前立即掠过小镇文化站图书室的书架，正是它们让我与巴金先生，与很多作家结下了最初又最为持久的缘分。我不知道它们现在都好吗，又成了什么样子，我十分感谢它们带给我的充实时光、人生赐予和那么多美好的回忆。

给李辉老师写信时，我已经离开青堆镇到县城上高中了，第一个学期还到过文化站借书，转过年的春天，我

革命春秋

郭沫若著

洪波曲

郭沫若著

學生時代

少年時代

郭沫若著

在我们镇的文化站，我借过一套郭沫若的自传，四部大书虽然有些历史细节未必全懂，但是给我留下的印象仍然很深。这些书似乎并未得到应有的重视，我倒是认为它们可以留在文学史上。

又发现了庄河图书馆，好像就与文化站默默告别了。然而，我始终珍存着与它最初相遇的怦然心动，这么多年来，我走过、见过的图书室、图书馆多矣，好像哪一座都比小镇文化站的图书室都要大，要气派。像我现在工作单位的对面，就是上海图书馆，藏书量号称中国第二、世界前十名；我还有幸进过国家图书馆的郑振铎先生捐赠书库，那里的书有不少都是国宝级的；当然，更不用说，这些年参观过海内外设施、条件、规模都让人惊羡的各种图书馆了……但是，那最初的怦然心动是其他任何图书馆都无法取代的。我很感激它的存在，也很愿意送书给各种图书馆、图书室，我以自身的经验在想象：一旦哪一天，有一个人与这些书相遇，也许就诞生了一连串美好的故事。

　　读俄罗斯小说，我的头脑中曾留下这样的画面：在暴风雪的夜晚，一个人跋涉在望不到边际的原野上。大风雪迷住了眼睛，也迷失了方向。他全身冰凉，又冷又饿，这个时候像困兽有些急躁，又像病羊只剩一口气就要倒下。而此时，倘若远方有一星灯火，哪怕十分微弱，哪怕特别遥远。虚弱之中我便有了力量，绝望之中有了希望，迷茫之中有了方向……小镇上文化站的那间小小的图书室，就是一星灯火，给茫茫暗夜中寻找道路的少年以温暖和指引。多少年过去了，他走过再远的路，经历了再多的风雨，都不会忘记那最温暖的灯火，尽管它微弱，却从未熄灭。

2022 年 2 月 14 日凌晨一时

附记

　　春节前，周美华大姐来电话说她创办的文史期刊《庄河记忆》已经走过十个春秋，她想组织一个专号，命我写一篇稿子。随后，她又寄来这两年他们的各种成果。节日期间，我在遥远的南方翻动这些故乡的消息，心生很多感慨。我敬佩他们这些年踏踏实实地致力于乡邦文献的收集、整理和催产，他们用行动重新书写了庄河历史。十多年前回乡，春节聚会时，记得我曾提议庄河的朋友做一点儿这方面的工作，这也是以往人们做得比较少的地方。我不过是说说而已，他们就这样一步一个脚印走出一条路来。这些工作的价值和意义，我想就不必多说了，庄河的大地和这里的人，将来会铭记的。也许，无论《庄河记忆》也好，这批致力于此的朋友也罢，还不够壮大，还有很多值得努力之处，但是，这有什么要紧的，只要坚持做下去，我想它终归就像小镇文化站的图书室一样，续一星灯火，有意无意间就影响了很多人的人生。文化，大多不是在灯火辉煌下的表演，而是星星点点的自存，只要它真正点燃了人心，就是不灭的星光。

快意与自由

——读金庸小说的岁月

1

我知道，提起金庸的小说，有的人会像吃了春药一样兴奋不已。然而，四十年前，金庸小说"随风潜入夜"之时，它完全享受不到这个待遇。那时，金庸小说只能藏在课桌下面偷偷地看，完全不敢堂堂正正地摆到桌面上来。忧国忧民又为我们的"思想问题"操碎了心的老师们当时还保留着在课间操检查同学们课桌的习惯，我忝为"猪头小队长"紧随其后。倘若在某同学的课桌里搜出《在烈火中永生》或《雷锋的故事》啥的，老师喜上眉梢，溢于言表，大有马上发奖状和贴小红花的架势。可是，倘若翻出金庸、梁羽生的武侠小说，则立即多云转阴，皱着眉头，忧心忡忡，他表情变化之明显，我看得清清楚楚。接下来的班会上必然要讲"有益身心健康的书要多读"，私下谈话则是：你怎么能读这样的书……他向我们传达了一个明确无误的信号：读金庸的小说，是一件不光明的事情。

还有一个铁律，有些事情就像野草一样：野火烧不尽，春风吹又生。金庸的小说也是，最初是以传阅的方式在同学中蔓延。从哪里长出来的已经不可查考，最初书店里没有卖的，街上的书摊也不曾恢复，大约都是家长们从"南方"直接带回来的吧。毛毛雨之后，是倾盆大雨，大部分都是翻印本。我读的第一部金庸小说是《神雕英雄传》，记得是十六开本，某杂志的翻印本，大约在1984年至1985年间，读小学四五年级的时候。记不清是哪名同学，又怎么传到我手里的，纸也软了，页角都卷了，要在现在，我是不大会看这种书的，那时候却如饥似渴，而同学能把书借给我则是恩重如山。我必须在几个夜晚读完它，还有一群同学在排队等着呢。幸好，那时候没有要家长在作业本上签字，也没有操闲心的专家提出什么家长与孩子共读，也就是说我有相当充足和自由的时光可以把一本大书酣畅淋漓地读完。读完了才发现更大的麻烦，那是上册，同学并无下册，"下回"无法分解，好长一段时间，郭靖、黄蓉、欧阳锋……牵肠挂肚，辗转反侧，寤寐思服，直到搂入怀里才算心满意足。

好像没过太久，另外一味药治了很多人的"相思病"——金庸小说改编的电视剧登陆了，捷足先登的依旧是《射雕英雄传》，那主题歌和剧情中特有的音乐至今还是我相当熟悉的声音。村子里还不是家家都有电视，有电视的人家每逢播《射雕英雄传》的夜晚，院子里月光下则重现了当年挑灯学习最高指示的场面，不同的是，我这个年龄的小屁孩儿围观的多起来了。看完回家，夜深人静，有一段漆黑的路，风吹树枝，仿佛天地跟着摇动，吓得我浑身发紧，尤其是想到刚才电视上看过的梅超风狰狞的笑声和练功的那些骷髅，更是毛骨悚然，赶紧壮起胆子抱头鼠窜，因为我很清楚自己打不出

那漢人哈哈大笑，右掌劈然揮起，快如閃電般在柱身中間一
擊，砰的一聲，鐵枕心只覺虎口劇痛，急忙鬆手，鐵槍已落在雪地之
中。

金庸小说的早期版本我没有，估计借书给我的同学早已翻烂了。
这是北京三联版的《射雕英雄传》书影和插图（姜云行绘）。

降龙十八掌。那段时间，《武林》杂志风靡一时，老师偶尔透露，有人要去少林寺、武当山学武的"荒唐"行径。多年后想起，不知道那些老兄是迷途知返，还是早已练成了绝世武功，反正我一个体育经常不及格的学生，还买过一本《梅花枪》，在家里房后的菜地里拿一根长棍比画了好久。

这就是金庸小说，在老师摇头叹息中，在堂而皇之的盗版中，在租书摊上，在黑白电视机里……走进了我们那一代人的生活。它仿佛从天而降，又似曾相识，迷魂的效果十分显著，不经意间就超过了以往任何的小说。接下来，是关于它的吵架，喜好者视为金丹，不爱者弃作泥丸，吵吵嚷嚷，到今天也没有停歇，前两天我看到还有人在捍卫新文学传统。金庸先生好像并没有去跟谁争一日之长的意思，1969 年在与几位朋友的谈话中，他很平静地说："武侠小说虽然也有一点点文学的意味，基本上还是娱乐性的读物，最好不要跟正式的文学作品相提并论，比较好些。"（《金庸访问记》，《寻他千百度》第 299 页，中华书局 2014 年 1 月）他说这话的十四五年之后，我才读到他的小说，而此时，他的武侠小说写作早已封笔，如此不同步，一方面，是封闭的文化环境所致，另外一方面，又不能不感谢改革开放的春风，它吹开了大门，也唤醒了这片土地上沉睡已久的事物。比如说文学中的"娱乐性"。这本是文学至为重要的一个基本功能，然而，有一段时间，我们却把它们打入十八层地狱，文学仿佛只能是皱着眉头教导人的文件，它必须一本正经、一脸严肃，而不能活泼、活跃、活力十足。"娱乐性"即便是偶尔现身，似乎只配到"低俗"的地下室里待着。人整天吃喝拉撒却不可以多谈这些世俗需求和欲望，否则就不够崇高；要么，吃饭也得是"为了革命"才行，过头了吧。

改革开放，思想解放，再一次使"人"获得解放。人的解放，从身体到头脑，再到具体的个人生活。这是观念开放带来的生活解放，与之相关的是人的娱乐性需求的极大释放，从"靡靡之音"的流行歌曲，到武侠、言情、侦探小说的流行；从港台片、电视剧的盛行，到歌厅、舞厅、台球厅、游戏厅挤满人……人们明白，在为革命干工作的同时，也可以为自己求欢乐。金庸的小说，就是在这样的背景中涌到我们面前，猝不及防地征服了很多人。

三十年河东三十年河西，用不到三十年，仅仅十多年之后，金庸的小说出现在最高学府北大的课堂中，金庸也把他的同乡茅盾挤出了大师排行榜，以至他也大踏步地走进了文学史，成了"经典作家"。这是摇头叹息的老师们所想象不到的吧。从某种意义上来讲，"金庸现象"是身体现象，没有号召、提倡、推动，它是在打压中产生的。读者的阅读感受、"身体感受"——就像肌肤感受到冷热，舌头感受到酸甜，耳朵感受到安宁和喧嚣一样——把他抬进了文学史。

2

从最初读金庸到现在，我都算不上一个"金迷"，然而这些都挡不住我"迷金"——拿起他的小说就会被迷住，恨不得一口气读完。这令我不能不去想，到底是什么吸引了我？我首先想到的是上小学读书时走过的一段路：过了一个村庄，走在两边是农田的深谷。夏天，两旁是密不透风的玉米和高粱，一阵风过，绿叶沙沙，深不可测；冬日，倒是一览无余，但是北风劲吹，呼吸都困难。我跟同学三五成群，说说笑笑走过，倒是不觉得怎么样。倘若一个人走过，感觉就大为不同。印象深刻的是大雪后，有阳光却不温暖。路面上的雪踩上去有一种艰涩的吱吱声，几乎不能抬头，风灌进脖子里是寒冷，迎面的是从山坡上吹落下来的雪霰。抬头看，远处有坟包，上面的枯草随风摇动。两边的坡上，灌木或矮树迎风独立。周遭是一片白的雪世界，偶尔有单薄的飞鸟掠过。我有一种错觉，仿佛走进了《雪山飞狐》的某一个场景，又似蒙古大漠的寒冬，还像闯进了某一个高手如林的神秘峡谷。那一刻，我会觉得很孤单、很无力，前后无人，还有些惊心。转念间，我好想有一匹快马，纵身跃上，一路披荆斩棘，疾驰而去。我好想有一身轻功，一转身，在雪上不留痕迹，凌波微步吧。我也幻想过对面跳出几个江湖兄弟，大家拥抱、谈笑、烤野物、喝酒，一切都变暖了。当然，倘若有一声"靖哥哥"，那心里更是暖得要化了……多少次，我就是这样走过那一段路。

多少年后，我学会了"心理分析"，想起这一段记忆，一个很深切的感受是人离不开幻想，尽管它有时候看起来荒唐、可笑、一文不值，似乎只有麻醉的作用，然而，有了它，我们在现实的泥淖中不至于狼狈不堪，不至于半途而废，不至于"咽不下这口气"，它缓解和释放了我们内心的很多东西。读金庸的武侠小说也正是如此，人人心中都有一个英雄梦，都幻想能有一身绝世武功，能遇到那么多痴情的姑娘，最好能有一座桃花岛，实在不行，有一对大雕也好，……这样，就不怕受人欺负，不再孤单一人，不愁生活里没有四时美景和依靠。这样，遭到凌辱时，可以出手自卫；遇到不公平的时候，可以拔刀相助；有了冤仇，追到天涯海角也要以血还血。这是多么快意、多么舒畅、多么潇洒的事情啊。

但凡是一个精神正常的人，放下金庸的小说都知道，这些在现代社会里，每一条都难以实现。武侠小说里津津乐道的"绝世武功"，不过是舞台上的表演节目而已，现实的世界中，没有给施展拳脚留下多少空间，更不要说飞檐走壁了。可是，金庸的小说中亦真亦幻的武侠世界竟然让人如醉如痴，这是阅读者内心在被现实挤扁之前自我充气的结果吧。一个人再渺小、再微弱，都需要一个山峰或出口，山峰不是居住地，可以偶尔站一站，荡胸生层云；出口不是解决现实问题的路径，却可以舒一口气，让我们有超越现实和自身能力的幻想，以填补现实的虚空。在金庸小说中，"侠"之精神里，充满着对社会公平、正义的呼唤，不论是有头有脸的帮主、掌门，还是籍籍无名的草莽之士，行走江湖，都要讲武林规矩、江湖道义。一旦有谁违反，就是大逆不道，人人共诛，本人也无颜立世。尽管绝对公平和正义的世界，是人类多少年的梦想，却很难有一个现实的社会能绝对做到，然而，金庸用他的小说做到了。在他的小说里，不仅呼唤着公平、正义，而且大侠们基本上解决了正义，江湖有危难时，少林、武当等总会有德高望重之士站出来主持公道，维护正义。而小说中那些人物的结局，基本上也做到善有善报恶有恶报，英雄们虽有遗憾多遂心所愿。这样的书，读起来，自然无不觉得"过瘾"。毕竟，人活在实实在在的物质世界里，也得活在看不见摸不着的精神世界中。

金庸的小说，还带给了我们一种幻想：幻想机会和奇遇。像郭靖这样的傻小子，竟然能遇到聪明伶俐的黄蓉，遇到洪七公这样的师父，遇到老顽童那样的朋友，还能在很多险境中化险为夷又得了武功或秘籍。像杨过这样父母双亡的皮孩子，断了一条胳膊，也能成为大英雄。像张无忌这样的先天病秧子，也能打遍天下无敌手……这不问出身、地位、资质、财富的青年冒险记、创业记、成长记，个个都出脱为青年领袖、成功人士、行业领军人物，太让人垂涎三尺，神魂颠倒了，以至于我出门经常低头撒目是不是能捡个屠龙刀倚天剑啥的，去旅游也常往山洞里瞅一瞅，也许石壁上刻着功夫要诀；到哪里都愿意敲一敲墙，也许有密室、宝典呢，怎么知道咱爷们就不能时来运转呢？今天看，小说里不但没有刻意炫耀门第、世家，反而对他们有些不大瞧得上，很多武二代、武三代，资质平平，人品也一般般，与时下各种"我祖上阔多了"不可同日而语。金庸给人的感觉，只要你是个有志青年，机会是无处不在的，撞上了，要躲都躲不开，包括桃花运。

金庸说："武侠小说主要依赖想象……"（《韦小宝这小家伙》，《寻他千百度》第 258 页）比起沉重的现实，想象给人自由。人的精神常常莫名其妙地被各种东西束缚，接受了这些，不知不觉中就萎靡起来，进而僵化、循规蹈矩，变成行尸走肉也不是没有可能，而武侠小说中，那些来无影去无踪、飞檐走壁的英雄，常常给我们以自由的快意，这种自由驰骋，在现实中需要付出多大代价才能找到、获得啊，然而，在小说的世界里唾手可得。有时候，读这样的小说也是被束缚得太久的我们给自己一个精神解绑的机会，现实中没有，金庸给我们造好了，它活跃了神经、深思，成为精神的活血剂。

3

金庸说，他小时候更爱读武侠小说，对于巴金的《家》《春》《秋》《春天里的秋天》这类小说"读来还不够过瘾"。但是，自己也写小说之后，感觉不一样了，"才明白巴金先生功力之深，才把他和鲁迅、沈从文三位先生列为我近代最佩服的文人"。（《永为激励》，《巴金纪念集》第291页，上海文艺出版社2006年10月）对于金庸小说的认识，我也经历过类似的历程，不过内容上跟他正好相反。少年时，我迷恋的是新文学，对于武侠小说虽然也跟着同学们在看，但是并没有多么看重它们，"消遣而已"。当终于不用偷偷摸摸地看金庸的时代到来之后，漫街都是他的书，正版的，盗版的，书摊上，新华书店的殿堂中……我更是不以为意，对于太流行的东西还以一个文青的逆反心理抱有很多警惕。这样的恶果是，前几年，我突然发现家里居然找不出像样的一套《金庸作品集》，我顿时惶惑起来，这怎么可以呢？赶紧买了一套三联版的口袋本《金庸作品集》。这个时候，感觉金庸已经不怎么热了，大家都在追网络小说。

当年看金庸，大多时候是追着情节走的，比如，电视剧播得正热的时候，想剧透，就得赶紧看小说，让小说的情节赛过电视剧的播放节奏，一直看到结局。哦，噢，是这样啊。接下来是比较电视剧与小说的异同了，这些都是同学们讨论的内容。现在，情节早都熟悉了，金庸小说的很多情节和人物早已成为人们日常生活的语汇，谁像韦小宝，谁是灭绝师太、四大恶人，大家张嘴就来。这个时候，再读金庸，复习之外是发现，发现那么多以前没有注意的细节，也品味了他的语言、结构和弦外之意。比如，翻开《射雕英雄传》，第一句话："钱塘江浩浩江水，日日夜夜无穷无休地从临安牛家庄边绕过，东流入海。江畔一排数十株乌桕树，叶子似火烧般红，正是八月天时。"哎哟，这是《约翰·克里斯多夫》开头的格局啊，大家手法，傅雷译笔。读着读着，也看出金庸的笔墨之细致和层次感，这些都是过去所不曾注意过的。

人过中年，颇有一些阅历之后，我对金庸小说的关注已不是过去的打打杀杀、谁是天下武功第一了，对于儿女情长之事也只是淡然一笑，而对世道人心有了更深一层的体察。像"江湖险恶"，过去不过是挂在嘴边的一个词，现在看到它却难免心坠深渊、心惊肉跳。对此，你看看天下无敌的萧峰的半辈子都逃不出生命的怪圈就不难感受到了。金庸小说里经常写到的名门正派与邪教旁门之争，争来争去，你发现，正的更邪，邪的反正，闹到"邪教"都看不起"正派"的地步。倘若还原到现实生活中，不能不佩服金庸入木三分的阅世眼光，这也许正是"江湖险恶"的本相？金庸小说中这类的人物中的极品是令狐冲的师父、君子剑岳不群，这个假君子、真小人，不仅欺骗了整个武林，就连身边最亲的人也被他迷惑了大半辈子，套路太深了。我们的目光从小说中移开，看看周遭世界，岳不群又何其多啊。满口仁义道德，想当天下第一，要做教主、帮主，要尽手段夺取武功秘籍，费尽心机计划扬名大业，打压、嫁祸弟子，害人和杀人又无比毒辣……

金庸的小说不仅有环环相扣、层出不穷的精彩故事，而且通过这些写出了人性的复杂，金庸对人性的认识和把握使其不必谦虚，他的小说完全可以与"正式的文学作品""相提并论"。《笑傲江湖》中那个著名的情节让人值得再三回味：上官云刚刚归顺任我行时满口"教主千秋万载，一统江湖"，让久不在权力中心的任我行听起来很不适应："上官兄弟，向来听说你是个不爱说话的硬汉子，怎地今日初次见面，却说这等话？"他还嘲讽道："甚么千秋万载，一统江湖，当我是秦始皇吗？"

女儿盈盈连忙跟他解释这是东方不败搞的一套，任我行很清醒："千秋万载，一统江湖，倒想得挺美！但又不是神仙，哪里有千秋万载的事？"想不到上官云立即给他抹了更多的油："教主令旨英明，算无遗策，烛照天下，造福万民，战无不胜，攻无不克。属下谨奉令旨，忠心为主，万死不辞。"如此肉麻，任我行不禁眉头紧皱，心里嘀咕："江湖上多说'雕侠'上官云武功既高，为人又极耿直，怎地说起话来满口谀词，陈腔烂调，直似个不知廉耻的小人？"盈盈不失时机给她爹上课，要混上黑木崖就要学会"黑木崖上的切口"，并解释这一套都是东方不败的男宠杨莲亭搞出来的，东方不败"越听越喜欢，到得后来，只要有人不这么说，便是大逆不道的罪行……"任我行仍然认为："上官兄弟，咱们之间，今后这一套全都免了。"（《笑傲江湖》第1254—1255页，明河社出版有限公司1980年10月初版修订本、1994年8月第十四版）可是，他甫夺大权，上官云重来这一套时，他先是骂了一句，接下来的表情亮了："忽然觉得倘若真能千秋万载，一统江湖，确是人生至乐，忍不住又哈哈大笑。这一次大笑，那才是真的称心畅怀，志得意满。"（同前，第1292页）还要多说什么吗？人性啊，人性。

然而，打打杀杀，争争斗斗，一统江湖，又是为了什么呢，又得到了什么呢？金庸的小说开始了灵魂追问。他的小说里有道理却不说教，是水到渠成的点拨，比如，《射雕英雄传》的结尾，郭靖和成吉思汗的对话：

成吉思汗勒马四顾，忽道："靖儿，我所建大国，历代莫可与比。自国之中心达于诸方边极之地，东南西北皆有一年行程。你说古今英雄，还有谁及得上我？"郭靖沉吟片刻，道："大汗武功之盛，古来无人能及。只是大汗一人威风赫赫，天下却不知积了多少白骨，流了多少孤儿寡妇之泪。"

郭靖问成吉思汗的问题，可谓精确点穴："人死之后，葬在地下，占得多少土地？"成吉思汗用马鞭画了个圈儿说："那也不过这般大小。"郭靖道："是啊，那你杀这么多人，流这么多血，占了这么多的国土，到头来又有何用？"成吉思汗先是"默然不语"，后又被郭靖说吐了血，还感慨："我左右之人，没有一个如你大胆，敢跟我说真心话。"最后为自己找回面子，再说："我一生纵横天下，灭国无数，依你说竟算不得英雄？嘿！真是孩子话！"（《射雕英雄传》第 1569—1570 页，明河社出版有限公司 1978 年 11 月初版修订本、1994 年 8 月第十八版）有一点他说对了，古往今来，说真话的往往是孩子，安徒生也是这么认为的。

读这样的对话，难道不刷新一下我们的"三观"吗？

至于金庸的"三观"，小说里只有一半，另外一半在他的社评中，不过那并非本文谈论范畴之内，且听下回分解吧。

2022 年 12 月 18 日凌晨

光阴的故事
——《席慕蓉诗集》引起的回忆

1

　　虽然年年都会到北京几次，但是北京依然越来越让我陌生。那钟声、驼铃早已被压扁在无人翻动的现代文学发黄的书页中，故都的秋声也邈远而不可寻，觥筹交错中无人细品长长的桐荫，车水马龙里也没有闲静的午后，更让人感到压抑和可怕的是奇形怪状的高楼，让以往的红墙绿瓦和千年时光恍若一梦。去年冬日的一个午后，带着这些错综斑驳的感觉，我走进作家出版社跟应红老师讨了一套《席慕蓉诗集》。六册小开本，乳白色的封面，上端是书名和席慕蓉素雅的绘画，拿在手里很舒服。

　　应红老师没有多说什么，我想也许她会感到奇怪：为什么是席慕蓉，现在还有人读她的诗吗？

　　我也说不清楚。我特意要这套书是为了遥远的青春念想。

　　我们这一代人是在诗意萌发的年岁中与席慕蓉相遇的。在台湾，1984 年被称为"席慕蓉年"；在大陆，她的《七里香》和《无怨的青春》最早出版于1987年，随后几年，她的其他作品也陆续登陆。还有诸如《读者文摘》《青年文摘》这样的刊物在推波助澜。那些年，报刊亭中《台港文学选刊》都是少女们的抢手货。不是为了张爱玲，而是为了亦舒、琼瑶、三毛，在她们柔软的文字中不知寄托着多少少女的想象——对爱人，对未来。她们不敢把书堂而皇之地拿到课桌上，却大方地借给那个操场上总是多看她几眼的男生，于是在男生的金庸、梁羽生刀光剑影的世界中又多了几片风花雪月。在这之中，席慕蓉有点儿特别，她或许更文艺一些，但处在七彩年华中的人都是天然的文艺青年。

我的同龄人还记得席慕蓉"十六岁花季只开一次"（《十六岁的花季》）的诗句吗？还有那个同名电视剧。我倒记得读高一时，班上一位同学有一本窄条本、紫色封面的《七里香》。我喜欢这个名字，喜欢那样的颜色。高中生活一片灰茫茫，这是记忆中难得的色彩。

2

不过，在当时我并没有认真读过席慕蓉，也没有读过太多金庸。我正在围着鲁迅、巴金屁颠儿转，为突然能够买到周作人、沈从文、梁实秋的书而兴奋，也似懂非懂地捧着西方古典文学大师们的书不放手。席慕蓉，大概算不上重要的诗人，我手头两种诗歌史中连她的名字都找不到，大家都在大谈"现代诗"。席慕蓉的诗算什么呢？我不懂诗，说不清楚，只是《七里香》紫色的封面牵扯着我的记忆，让我在漫长的冬天里，重温往昔时光和那些打动了众多少男少女的文字。

我们读书时，同学读的席慕蓉诗集是这样的封面。（左上图）另外两本是台湾圆神版的封面。（右上图）

作家出版社 2010 年版封面是黑白的，2022 年版是多彩的，各有特色。

一切都不是没有理由的，对于那些与席慕蓉的诗一起走过青春岁月的人而言，诗艺高下并不重要，重要的是这些文字拨动了青春的心弦，深深打动过我们，也融进了我们的成长记忆。从含情脉脉的少女到心事沧桑的中年，席慕蓉用她的文字将人一生最光彩的岁月铸成不灭的记忆，读这样的文字，我们又何尝不是在翻动往昔的时光，梳理自己的记忆？在《七里香》中，席慕蓉写道："含着泪　我一读再读/却不得不承认/青春是一本太仓促的书。"（《青春之一》）血气方刚的人会珍惜这"仓促"吗，如富翁一样捏着大把时光的人会在意这"仓促"吗？当然，也有"为赋新词强说愁"的装深沉，但时间馈赠给我们的将不再是强说，而是实实在在的体验。席慕蓉的诗有一种古典的温婉和淡淡的哀怨，在《无怨的青春》中，她感伤地在问"在长长的一生里为什么/欢乐总是乍现就凋落/走得最急的都是最美的时光"（《为什么》）？她在诗中"素描时光"，她想用文字的手挽住时光，让它走得慢些，再慢些：

我们可不可以不走

可不可以

让时光就此停留

可不可以化作野生的藤蔓

紧紧守住

这无星无月的一夜啊

这温柔婉转的一切（《海的疑问》，收《时光九篇》）

"让时光就此停留"，我不知道是不是注定的徒劳，在她以后的诗集中，不断地出现了"昨日""从前""曾经"，甚至"老去"。是的，我们在走过，走过自己青春的驿站，也走过与席慕蓉相处的时光，这个时候，席慕蓉早已抛在脑后，人生的纷繁你方唱罢我登场，甚至没有给自己留下换装的间歇。今天再读这些诗，有告别，有记忆，有感慨，但主题仍然是时光和青春，不过当年是身在其中，如今是一步三回头，难得的是席慕蓉面容上沧桑并没有让文字起了世故的皱纹，她的诗还是一股不含杂质的清泉。她疑问："从前是这样的吗？"但"重担卸下　再无悔恨与挣扎/仿佛才开始看见了那个完整的自己"（《岁月三篇》），这就是成长，有所收获，也要付出代价。看看她在《边缘光影》中的吟唱吧：

二月过后又有六月的芬芳
在纸上我慢慢追溯设法挽留时光
季节不断运转　宇宙对地球保持静观
一切都还未发生一切为什么都已过去（《留言》）

我们用文字　将海浪固定
将记忆钉死　努力记述
许多轮廓模糊的昨日　然后
装订成册
期待那银灰色微微闪亮的蠹虫的来临（《创作者》）

记忆已经不可依靠了，早晚也会被蚕食，接下来诗人就写道："是谁啊　把记忆冲刷成千疮百孔/再默默地藏身在岁月逐渐湮灭的隙缝之中"（《控诉》）。"时光其实已成汪洋淹没了所有的痕迹/今夕何夕　我是何人为何在此哭泣？"（《生命之歌》）伤春、叹春、惜春、怨春历来是中国古典诗歌的重要主题，席慕蓉延续了这一主题，但不是号啕大哭、撕心大叫，她点到为止，如清淡的花香，似有形无。在这之外，她的文字中还洒满了风雨冲不淡的生命的阳光，爱的温暖和点点的欢愉，或许正因为如此，才赢得那么多娇嫩的青春的心。

可以挥霍悲伤的日子已经过去了

走过中途　当一切真相迎面逼来
我们其实只能　噤声回避

……
要到了秋深才能领会
活着　就是盛宴（《深秋》）

《迷途诗册》中，在题为《老去》的自序中，席慕蓉说："此刻的我，已经能够领会，'老去'这件事并不一定是要和忧愁或者悲伤相连的，如果可以在还算平安的岁月里缓缓地老去，其实也是一种难得的幸福。""惆怅由此生成，无关于渐入老境，年华不再，反倒是惊诧怜惜于这寄寓在魂魄深处从不气馁从不改变也从不曾弃我而去的渴望与憧憬。"就这样，文字记录了一个人的芳华不再，也记录了一个人按住了风云心静如初的努力，青春梦已老，在追念中感悟：

记忆　也逐渐成为一种收藏
分门别类地放置　等待展示
那越久远的越是占据着显眼的位置
譬如年少时学会的那首歌——你可记得

春花路初相遇　往事难忘往事难忘

但是难忘的到底是些什么呢
能记得的也就只有这么多了（《恍如一梦》）

她的另外一首诗歌像流行歌曲一样浅白："其实　我们/所求何其卑微/人生一世　辗转天涯/想保有的不过就是像这样一小间的/点着灯的房子/一小间的　点着灯的家"（《点着灯的家》，收《边缘光影》）。她是一个抒情者，她表达的不是那种复杂的隐秘的内心，而是更为大众化的人生感觉。因为这样，她的诗显得更为开放，能够容纳更多人的情感，文字成了情感交流的平台，彼此在此释放和碰撞。这些诗很简单，却是生命的清泉浇灌出的花朵，其实人生哪有哲学家讲得那么复杂、"深刻"或者千头万绪？话说回来，人生倘若真的那么复杂，又岂是薄薄的哲学书所能讲明白的！

3

席慕蓉，据说身上流淌着蒙古王室的血液，但出生在四川，童年又辗转至香港，后来在台湾长大成人，又到比利时学习艺术。"用漂泊来彰显故乡"（《颠倒四行》，收《边缘光影》），她的这份漂泊履历在现代中间不算特别。然而，当人生的年轮不断增添的时候，除了那淡淡的哀伤，席慕蓉又多了对于身份的认同、文化的归属的敏感，"寻根"成了席慕蓉后期诗歌的重要主题。渴望与一种阔大、坚韧的草原文化相融合，她剪不断的乡愁之外，也有了几分野马的不羁和天地的壮阔。

"总是在寻找着归属的位置/虽然/漂浮一直是我的

名字//我依然渴望/一点点的牵连/一点点的默许/一条可以彼此靠近的土地"（《盐漂浮草》，收《边缘光影》）。其实，所有的现代人都是被放逐者，都是漂泊者，家园不等我们熟悉就面临再一次的迁徙，梦里不知身是客，是否意味着"家"只能安妥在梦中？"只有在黑夜的梦里/我的灵魂才能复活 还原为一匹野马/向着你 向着北方的旷野狂奔而去"（《野马》，收《边缘光影》）。"北方"意味着什么？是父母之邦，却又是自己最陌生的远方。

> 是的 父亲
> 在"故乡"这座课堂里
> 我没有学籍也没有课本
> 只能是个迟来的旁听生
>
> 只能在最边远的位置上静静张望
> 观看一丛飞燕草如何茁生于旷野
> 一群奔驰而过的野马 如何
> 在我突然涌出的热泪里
> 影影绰绰地融入夕暮间的霞光（《旁听生》，收《迷途诗册》）
>
> 父亲是给我留下了一个故乡
> 我却只能书写出一小部分
> 是那样不成比例的微小啊
>
> 纵使已经踏上了回家的路
> 却无人能还我以无伤的大地（《父亲的故乡》，收《迷途诗册》）

不知道这诗是否可以做这样的解读:"故乡"也可能是一个象征,漂泊更多相对于精神家园而言的,人类在现代社会中丢掉了自己的精神家园,这比实在的家园的荒芜更为可怕,作者苦寻的是自己的文化血统,是不为社会所拘囿真正的自我。"山河依旧 大地苍茫"(《追寻梦土》,收《迷途诗册》),我们却常常不清楚自己该站在哪里……

4

人在尘世中,所谓超凡脱俗恐怕只能是一个传说。可是,纵然青春只能是记忆,也足够清洗我们心中的衰颓;纵然生活本无诗,但也不能不存诗心。否则,整日里把时光折算成存折中的数字,让岁月迷茫在股票的曲线中,把尊严建立在物质的品牌上,这样的生活很阔绰,但不一定很有味道。生命毕竟不是一场投资,每天牵挂着赢多亏少,生命需要全身心的投入和体验,身要养,心也要养,而诗可养心。席慕蓉是幸福的,"我的记忆 如花间/最幽微的芳香/在若无其事的/诗句中缓缓绽放"(《明信片》,收《迷途诗册》)。她用绘画和诗歌将生命的每一个杯盘盛满五颜六色。她说,"我深深爱慕着的诗人","坚持要记下那些生命里最美丽的细节"(《静夜读诗》,收《边缘光影》)。她自己也是这么做的吧?

我欣赏她这样的诗歌态度:"我依旧相信/有些什么在诗中一旦唤起初心/那些曾经属于我们的/美丽与幽微的本质/就会重新苏醒"(《契丹的玫瑰》,收《迷途诗册》)。让诗歌的朝露唤起那生命的"初心",让我们澄净地面对世界,生命鲜活如初,世界才青翠欲滴。然而,我知道让这颗心不受污染是有多难,更多不是丑恶的玷污，而是世俗同化，柴米油盐淹没了我们。席慕蓉的诗题为《早餐时刻》（收《迷途诗册》），让我看到了她在世俗与精神之间的理想设计：

> 诗　其实也不能怎么教育我
>
> 不是箴言　不是迷津的指点
> 也不是必备的学历和胭脂
> 然而是何等的幸福　如果可以
> 在早餐的桌上遇见一首好诗
>
> 就如同一杯热茶　一匙蜂蜜
> 一篇马哥孛罗的核桃面包
> 是何等温暖纯净熨帖人心的开始
>
> 如果可以在早餐的桌上
> 与诗人同行　走进幽深小径
> 在青春苔色的映照里
> 不需要什么分析和导读
> 我的灵魂就能品味出一种
> 几乎已经遗忘了的
> 甘美而又清冽的自给自足

"有谁会将诗集放在行囊里离去/等待在独居的旅舍枕边/一页一页地翻开？"（《短笺》，收《边缘光影》）诗在我们生活中是百无一用之物，也可能是奢侈之物，因为在这么焦躁的生活里，读诗的心境、品诗的时间似乎都是一种奢侈。可是，当岁月将荣华富贵终成一梦的虚妄展示给你看时，你才会体悟：有面包，有热茶，又有诗的早餐时刻，不是人生最踏实最幸福的时刻吗？

2011 年 3 月 25 日晚于上海

（《席慕蓉诗集》目前出版《七里香》《无怨的青春》《时光九篇》《边缘光影》《迷途诗册》《我折叠着我的爱》六卷，作家出版社 2010 年 9 月版）

《安娜·卡列尼娜》时光

　　今年春节，我整日趴在东北老家的炕上读《安娜·卡列尼娜》。留在老家的这两卷书，封面是墨绿色的，素雅大方，这是我上高中时的第一个寒假买的。买书时的欢喜和窘迫至今仍清晰可感：我去看望一位老师，回家的车站恰好在新华书店门口，我顺便走进去，没有想到扫了一眼，这部书就跳了出来。

　　那几年不像现在名著翻印成灾，书店里花花绿绿的都是些莫名其妙的书，一部鲁迅的《呐喊》我等了好几年才买到。这个时候出现的《安娜·卡列尼娜》，好比沙里现金，我恨不得立即拥入怀中。可是，一边翻着书一边偷偷瞄着定价，我的心在怦怦直跳，不是激动，而是紧张，囊中羞涩。我在暗暗盘算买完这套书是否还有坐车回家的钱，如果没有，我怎么回家？那时的新华书店，不是开架售书，而是要营业员拿书，她拿来后，等着我的决定呢。营业员在盯着我，我还装着若无其事的样子。不买吧，把书还给她，眼前的困难也就没有了，可是，我知道，错过这日思夜想的书，接下来的日子里，我没有一天会安生。时间嘀嘀嗒嗒走过，突然，我像一个赌徒将身家性命押在最后一张牌上，"买了"！说完紧闭着嘴生怕那颗心跳出来。

我的余钱刚够买一张车票，坐在车上，我已一文不名。那一刻抱着书，我就是世界上最幸福的人，早已不在乎其他了。多少年过去，当年的长舒一口气，好像泰山被移开了……这部《安娜·卡列尼娜》定价大概不足十一元，我回家的车票是两三元，我口袋里的全部"财产"就这些。

书沉默不语，打开它却打开了一个喧哗的世界，打开了记忆之门，书里书外的记忆，不同的地点，不同的心境，乃至不同的人，所有这些都将成为生命的坐标，记录着岁月的馈赠。高中三年，因为所有的人生前途仿佛都押在一场高考上，给我总是阴暗的记忆。以至不久前同学聚会，很多人连英语老师穿什么样子的裙子都记得清清楚楚，我却一片茫然，印象中那段岁月总是连绵不断的阴雨，那是我生命中最孤独的时光，多年后我的记忆顽强的选择性也似乎提醒我往事不堪回首！

那时，唯一给我带来阳光的只有课外阅读，我贪婪到课间十分钟都会偷偷地拿出书读上几页的地步。因为有考试的压力，美好的"课外书"就是一个罪恶的字眼，让我既深受诱惑，又满心不安。然而，在那么紧张的学习中，《战争与和平》《悲惨世界》《静静的顿河》等大部头，我还是逐一读完，还有鲁迅、巴金……心中的热爱真是开水都浇不死的草！书让我在成长中拥有了另外一个世界，这个世界中蜷曲的心灵得以舒展，孤独的心找到了知音，浮躁的情绪得以安宁，真是"面朝大海，春暖花开"，"做一个幸福的人"了。

其实，书丝毫不能改变我们的现实生活，唯有沉浸

托尔斯泰文集
安娜·卡列尼娜
草婴译

安娜·卡列尼娜
上

立民同志:
草婴
2008·7·上

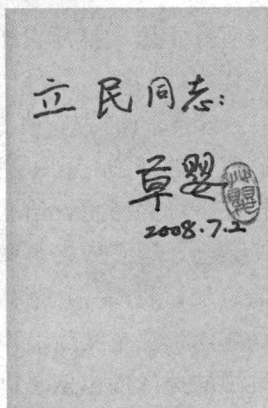

　　我总觉得《安娜·卡列尼娜》是草婴先生最好的译作，也许不存在"最好"，只是我们读得熟悉和习惯而已。上图为高中时代我买的书。下图是 2008 年夏天拜访草婴先生请他题签的书，用的是《托尔斯泰小说集》的版本，记得这箱书我是从绍兴路的上海文艺出版社搬回家，当时只知道高兴，不知道累。

其中的欢乐让人回味不已，唯有不灭的记忆让人温暖和感动。读大学时，那位很有风度的外国文学老师主持我们讨论安娜究竟是位不贞的妻子，还是追求自由的女性。乱哄哄吵得一塌糊涂，只有血气方刚的人才会为了一个遥远的问题相持不下，我怀念这样没有功利掺杂的痴气。学校附近有一座小疗养院，那是我和另外一名同学常去的地方，在初夏荷花盛开的季节，我们为了应付考试来这背书；在深秋绢黄的银杏叶落满了树下的季节，我们又为了人生的大考而谈论不休，我怀念这样心无劳负的人生岁月。春节前，我们又重返校园，为了《安娜·卡列尼娜》而面红耳赤的同学们早已各奔西东，一切面目全非，我只有在心底珍藏着如初绽荷花的芳香，银杏叶飘落的颤动。

故书不厌百回读，每次重读都是与往昔时光的重逢，也是对很多人和事的刷新。放在上海的《安娜·卡列尼娜》，是"托尔斯泰小说全集"中的一种，我还记得这箱书是从绍兴路的出版社直接搬回国年路我租住的小房子里——一位同学在文章中说这里就像书库，夸张了，不过后来临搬家那天，书确实堵得我要进不去了。我没有颜回那样的境界，"一箪食，一瓢饮，在陋巷，人不堪其忧，回也不改其乐"（《论语·雍也》）。但在这样一个超大的城市中，渺小如蚁的我抱着老托尔斯泰的书自得其乐也是一种生活。这卷《安娜·卡列尼娜》扉页上还有译者草婴先生的题签，所署的时间是2008年7月2日，查日记，应当是3日才对，"两点钟到草婴家，老式的房子，陈设也旧，有几个书橱，其中一个是原版书，整套的选集，当为托翁的吧；另外一面是各种中文译本。靠窗下是一张大写字台，对着阳光写字，心境一定很舒朗。草婴先生不大说话，问一句答一句，我们劝他做口述回忆录，他不置可否"。那是在炎热夏天中收获的一份记忆，书拉近了人与人的距离，我没好意思告诉草婴先生，十七八年前，为了买他译的书，我差一点儿回不了家。

时光倒流，时间标示着我与一部部书相遇的时刻，而记忆比书更为广阔。那些在不同的灯下夜读的情景，那些得了好书忍不住写上几笔抄上几段急于与众人分享阅读快乐的一刻，那些因为书又认识了作者的机缘，那些错过了的书后来又重逢的激动……随时光倒流都一一呈现。我忘不了，在大连那些淡蓝色的书与淡蓝色的日子，我忘不了刚到上海的那个多雨的冬天，躲在复旦北区宿舍的被窝中读海德格尔的那些日子，忘不了国权路的小院中枇杷熟了的季节。这几年，我越来越喜欢以这种札记的方式来写点儿文字，拉拉扯扯，感想、回忆、怀念、思考，任意而谈。我从来不认为这些文字有什么高明之处，但分享阅读快乐的急切让我当初写出了它们，重温书与记忆、书与人的温暖记忆，让我有勇气再把它们集合在一起。

这个冬天，的确很冷又很长，春节过后，回到江南，迎接我的居然还是漫天雪花。不过，我坚信，再长的冬天也阻挡不了春的脚步，这些信念也是从书本得来的。《安娜·卡列尼娜》中，老托尔斯泰的笔已经带领我们满心欢喜地迎接春天了：

春天回暖得很慢。大斋期最后两三个礼拜还是晴朗而严寒的天气。……复活节依然一片积雪。复活节后的第二天，忽然吹来一阵暖风，乌云笼罩大地，下了三天三夜温暖的暴雨。到星期四，风停了，灰色的浓雾弥漫大地，仿佛在掩盖着自然界变化的秘密。在雾中，春潮泛滥，冰块坼裂、飘动，泡沫翻腾的浑浊的溪水奔腾得更加湍急。……在复活节后的第七天……真正的春天到了……隔年的老草和刚出土的嫩草一片葱绿，绣球花、醋栗和黏稠的桦树都生意盎然地萌芽了。金黄色花朵累累的枝条上，一只蜜蜂嗡嗡地飞来飞去。看不见的云雀在天鹅绒一般的田野上空，在盖满冰块的留茬地上空唱歌；……活泼的孩子在留有赤脚印迹的刚干的村路上奔跑；从池塘旁边传来洗衣妇快乐的谈话；家家院子里扬起农民修理犁耙的斧声。真正的春天来到了。

2011 年 2 月 18 日晚于上海

附记

　　重读此文，不由得心生伤感。草婴先生离去有年，而去年岁末，带领我一起去草婴家的朋友楼震乘先生也去世了。我忘不了他那张热情洋溢的面孔，他底气十足的声音，深夜里想起这些，我的心久久不能平静。

2023 年 5 月 4 日凌晨

相遇

——读《干校六记》的时光

1

三十年过去了，我依旧不能忘记高三那一年冬天读《干校六记》的情景。那是人生中看不到前方道路的一年，尽管仍在顽强挣扎祈求最好的结果，可是，机会只有一次，一考定终身，让置身其中的人那颗心不能不高悬着。就在这时，《干校六记》出现在我的生命中，薄薄的小书立刻深深地吸引了我。

杨绛先生明明写的是一段遥远的生活，我读后竟然"感同身受"，这恐怕跟那一年我的生活，尤其是居住环境有关。

那所高中，我入学前一年，才搬到新教学楼中，操场周边野草丛生、乱石瓦块都没有收拾干净，配套的学生宿舍一直在传说中迟迟不露面。认真负责的老校长跑上跑下希望能早日解决，每一次都说"马上就解决"，可是这匹"马"越跑越远，总是见不到影子。我们住的是阴暗、不通风的几排老房子，暗暗的房间里，靠墙两排床，一个宿舍住了十来名同学。学生多，床位少，记得第一年，三个人睡两张床，我就睡在两张床的中间。好在那时候学习压力山大，大家没心思顾及"享受"。

到了高三，学校照顾大家，同意甚至鼓励学生自己去学校周边租房子。学校位于县城的东郊，这一片除了几家工厂之外，环绕的是广阔的稻田，县城在发展、扩大，稻田的一隅也有了新建的民房。那一年，我换过好几个地方，入冬时和几个同学合租在学校东南一处民房中，新房子，刚盖好，里面墙壁还毛里毛糙的。我们几个学生住在西头的一铺大炕上，东面好像是主人家。这个住处，留在我记忆中的印象有限，因为一天里大部分时间都是在教室里度过，就连星期天，最大的福利不过免了上早自习，睡个懒觉，爬起来洗把脸生怕落在其他同学后面，慌忙跑到教室里与一沓沓的考卷厮杀。从这所房子到学校只有一刻钟的路，我对一路上的风景倒是记得很清楚，走在这条路上，那是一天中我放下什么英语单词、数学公式、历史事件的唯一时刻。从学校，穿过冬日里只剩下稻茬的稻田，直接到那所空荡荡的大房子去，几名同学或讲讲闲话，或各怀心思地默想，在学习中绷紧的神经，这个时候才有片刻松弛，我们都很贪恋那一刻幸福时光。从那时候到现在，我都信奉一位作家所讲的，人生中一定要有必要的"余裕"——哪怕生活再紧张，哪怕它们所占的比例很小，生命的续航有时间还就靠它们了。

有些生活不堪回首，现在想起来都不寒而栗：早晨，六点多，披星戴月，在东北最为寒冷的空气中，我们缩头缩脑走向学校。昨夜的残梦似乎还有余温，刚出门禁不住先打了几个冷战，呵气成霜啊。晚上回来时，稍好一点儿，特别是没有风的夜晚。结束一天的学习，心情也放松很多，有星星有月亮的夜晚，一边走着，一面仰着头望望天，在寂静和空旷中行走，不由得想起契诃夫、高尔基小说里写过的一些场景。有时候，是浓密的黑暗，或是茫茫大雾，自然诱出心中的孤独感、漂泊感，虽然那个时候离家并不远，毕竟是一个人在外面生活，无力又无助。——此时，你明白我读《干校六记》的感受了吗？

2

我们住的房子，孤零零地坐落在田地间，仿佛杨绛的干校宿舍，她书里写过灰蒙蒙的雨带来的湿和寒，这种感觉我不难体会。离家读书，朋友也不多，同学间也并不是亲密无间，又处在人生的迷惘期，这种感觉在我身上像寒气一样弥漫，从衣服透进来，直渗到心间。

杨绛在《冒险记幸》一篇中写过风雪中的寒夜迷途：

雪地里，路径和田地连成一片，很难分辨。我一路留心记住一处处的标志，例如哪个转角处有一簇几棵大树、几棵小树、树的枝叶是什么姿势；什么地方，路是斜斜地拐；什么地方的雪特厚，哪是田边的沟，面上是雪，踹下去是半融化的泥浆，归途应当回避，等等。

可是我一走出灯光所及的范围，便落入一团昏黑里。天上没一点星光，地下只一片雪白；看不见树，也看不见路。打开手电，只照见远远近近的树干。我让眼睛在黑暗里习惯一下，再睁眼细看，只见一团昏黑，一片雪白。树林里那条蜿蜒小路，靠宿舍里的灯光指引，暮色苍茫中依稀还能辨认，这时完全看不见了。我几乎想退回去请人送送。可是再一转念：遍地是雪，多两只眼睛亦未必能找出路来；况且人家送了我回去，还得独自回来呢，不如我一人闯去。

　　这与我每天在黑暗中深一脚浅一脚地凭着感觉走路是一样的。好在，稻田相对平坦，阻碍也少，早起时，方向是远处学校大楼微弱的灯光；晚归时，大地已经入睡，四周是无边的黑暗，俨若走进了杨绛的迷途……这时候很容易有一种错觉：我走进了《干校六记》的情节中了。

　　偶尔邂逅夕阳余晖，或东方朝霞，让我想起杨绛写过菜园中"与世隔绝"的一段时光：

　　整个冬天，我一人独守菜园。早上太阳刚出，东边半天云彩绚烂。远远近近的村子里，一批批老老少少的村里人，穿着五颜六色的破衣服成群结队出来，到我们菜园邻近分散成两个一伙、三人一伙，消失各处。等夕阳西下，他们或先或后，又成群负载而归。我买了晚饭回菜园，常站在窝棚门口慢慢地吃。晚霞渐渐暗淡，暮霭沉沉，野旷天低，菜地一片昏暗，远近不见一人，也不见一点灯光。我退入窝棚，只听得秫秸里不知多少老鼠在跳踉作耍，枯叶窸窸窣窣地响。我舀些井水洗净碗匙，就锁上门回宿舍。（《学圃记闲》）

　　有一天清晨，地上的霜还挂在枯草上，我站在那栋房子门前，木然地看太阳升起，薄雾又自远处的大地颤颤巍巍地上升……我病了，才有余裕"欣赏"风景而不是匆忙奔向学校。室内太冷，受寒，重感冒，起床后天旋地转，头重脚轻。同学走了，室内空荡荡的，直到阳光照进屋子，我迷迷糊糊，挣扎着起来了。一个人在外边生活，平日风里来雨里去，都可以刚强地昂起头。到了生病时，有心无力，最感无助。我走到院子门口，已气喘吁吁，面对着稀薄的阳光，我站了片刻。新一天开始，阳光照在大地上，有一种宁静的、壮阔的美。我不着急去上课了，反而为生病而感到庆幸，有些按捺不住兴奋地去找老师，说我病了，要请假回家。老师没有多说什么，马上答应了。那是期末复习最紧张的时刻，我突然解脱，像是愉快地逃离。至于前途、未来、成绩，统统见鬼吧，在密封透风的地方封闭久了，我最迫切的是需要缓一口气，我得珍惜。杨绛当年孤身一人看朝阳，看暮色，恐怕也只能"安于"现实无法去规划未来吧。

3

我很喜欢把在某些人生时刻与一本书的情分称为"相遇"，仿佛前生注定，彼此会心，成为好友。与人的交往不同，与书一旦订交，从此便一路相伴再也不会走散。那些年，我读巴金先生的《随想录》的同时也知道杨绛有一本写特殊岁月的书，很想找来看一看。班上有名同学，当时喜欢钱锺书，也喜欢念叨夏衍先生的话："你们捧钱锺书，我却捧杨绛。"他捧着杨绛的《洗澡》看了好多遍，我翻过她的《洗澡》，不太喜欢，《干校六记》却盼着能早日看到。第一次读这书应当是向县图书馆借来的，是北京三联"读书文丛"中的 1986 年 12 月第二版的经典版本，白白的封面上有几棵风中摆动的细草。封面的设计者叶雨，乃是三联的老板范用先生。多年后，我在《叶雨书衣》（生活·读书·新知三联书店，2007 年 2 月版）中看到他这样阐释设计意图：

第一版的封面是请丁聪设计的。丁聪是大家，但这次设计是失败的，杨先生也不满意。再版时我就重新设计了。当时我有一本书，后来找不到了。那本书上有各种草的图画（不是花），我喜欢，就拿来用到这套书上了。设计得其实很简单，画一个框，框上再压一个专色框，用作者手书签名。

杨先生对这个封面是满意的。

由此，我才注意，此书简体字本的第一版，是 1981年 7 月出版的，印了两万册。丁聪先生的封面主体是四色的：蓝色的夜空，白雪，高耸入云而漆黑的树，还有远处干校宿舍暖黄的灯光。书名和作者名都是钱锺书先生所题——互题书名是他们夫妻间的雅事——说实话，这个封面不难看，而且立即把人导入一种书中描写的情境中，一打眼是过目不忘。但是作者和范老板都认为"设计是失败的"，我揣测是因为它太"实"了，很多封面好似"看图识字"，特别是作者，可能认为太具象未免缺乏余韵和想象力。不过，丁聪先生的这个封面还是有意境的，特别是手绘的图案，在今天千篇一律的电脑成品图片的海洋里，显得如此清新和与众不同。

《干校六记》在 2010 年 7 月推出新一版时，设计者蔡立国便保留了丁聪先生手绘的树，改为深灰色，放在封面的右上角。书名用的是钱锺书先生题签，作者名则是印刷体，剩下是一片洁白，这种组合也不失为一个好的选择。还有一册精装本，是杨绛著译系列中的，2015年 4 月版，设计上没有什么特点。这都是北京三联版系统的，有了网上书店，不难买到。我手头还有一本香港牛津大学出版社 2003 年版精装本的《干校六记》，封面整体是白色，衬底是硕大的灰雪花，以钱锺书题写的书名为名，作者名配红印章。雪花有些呆板，但是这样的封面整体看上去倒也经久耐用。

1990 年代初，我想在东北的一个县城的新华书店中买一本《干校六记》，还是个梦想。手头的中国社会科学出版社 1992 年 2 月版的"校定本"，应当是我拥有的第一本《干校六记》。白白的封面上只有钱锺书的题签和出版社名，衬底的雪花不仔细看，倒也干净得彻底。2015 年 3 月 8 日，我在这书的扉页上写下这么一段话："一九九四年四月十九日上午购于北京西单三味书屋，旧笔记上有篇小文，记当时购书经历，前两天恰巧翻到。当时店员还向我推荐新出的《杨绛作品集》，我未买，大约觉得杨其他作品不用读吧？"未买，恐怕也因为口袋里的钞票有限，我总算计要优先买哪本书；可能，《杨绛作品集》中收的小说和戏剧，都是我当时不大喜欢的，就与这套书擦肩而过。（多年后，尽管已经有杨绛的全集，我还是在网上买了它，实在是那白色的封面在我脑海中的印象太深刻了。）

1994 年春进京开会，会议结束后，我多留了几日，除了看风景，就是到各大书店买书。到了首都，那么多书店，仿佛小鸡误闯米仓，头都顾不得抬了。三味书屋，我是在很多人的推荐中特意找去的，听说老板曾经是聂绀弩的狱友，书店因此也多了传奇色彩。记得它在民族文化宫附近，一个长筒式的房子。留在记忆中的还有，当时张中行的作品风行，我在这里买了新出的《顺生论》；《大家》杂志刚刚创刊，并宣布要启动一个十万元的文学大奖，号称全国最高文学奖，我还买了这一期《大家》的创刊号。刊物里面有于坚的诗歌《零档案》、苏童的长篇小说《紫檀木球》，而封面上则是萨特很酷的一幅黑白照片……很多书，就在街角的某个书店里，

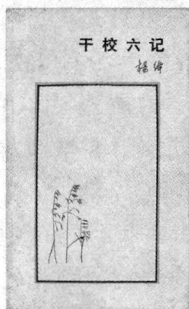

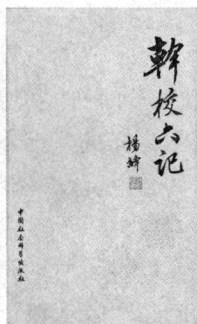

不同时期出版的各种版本，我并没有当藏书家的志向，买来的书
无非喜欢而已。相对于珍稀"版本"，我更看重与每一本书相遇的
缘分。

我们相遇了，它们成了我的生命和记忆的一部分，就像
《干校六记》一样。

4

喜欢的书，我经常不由自主地收集它们的不同版
本，每一种版本都是不一样的，在不同时间阅读，感觉
也不同。恶习也好，贪心也罢，一个人在书房里，拿起
这一本放下那一本，我有一种自得其乐的满足感。当
然，不同版本在学术上也有相应的价值和意义，哪怕离
我们很近的出版物，论起"版本学"价值也不容忽视。

偶然翻到《干校六记》北京三联 1981 年版目录页，
见后面有三行字："本书草稿烦栾贵明同志帮助整理，又
承侯敏泽同志鉴定并提出宝贵意见，特此志谢。"这是
作者所写的致谢语，到三联 1986 年第二版时，它变成
了"乘本书再版，我作了一些文字上的改动。有几处讹
误是石明远、弥松颐两位同志指正的，并志感谢。一九
八六年三月十八日"，这一次五行字是印在扉页之后、
与版权页同一页。及至中国社会科学出版社 1992 年出
版校定本时，以上两则致谢省略了，这个版本多了作者
专门写的《校订本前言》：

《干校六记》一九八一年五月在香港出版，同年七
月在北京出版；一九八六年北京出了第二版，香港亦已
再版。常时有人向我求索此书，说是买不到。我手边早
已没有存书，只好道歉。中国社会科学出版社要求重印
此书，我很感激，特地订正错字，并补上一两句话。整
理校本时承多位同志协助，并此致谢。

杨绛

一九九一年十月

这个前言，牛津 2003 年版中尚保留，到了北京三联书店 2010 年、2015 年两次重印本中均不存。我查了收录《干校六记》的《杨绛全集》第二卷（人民文学出版社 2014 年 8 月版）以上三则文字均不见收录，其他各卷也不见。我当然明白，对于杨绛这样的大家，这三则文字在她的写作中微不足道，本不必收入全集。然而，它们似乎也并非可有可无，比如，研究《干校六记》成书的过程、版本之间的修改以及作者的交游，等等，它们是非常有价值的线索和提示。

而我呢，作为一个孔乙己一般的文字爱好者，发现这样的小秘密时，未免也有"你知道回字有几种写法吗"的得意。更重要的是，每次翻起《干校六记》，往昔岁月随同书页展开，走过半生中最迷惘的时光，我十分感激与我相遇的这些书，有它们相伴，是莫大的幸福。有时候，我还窃喜自己比很多人多了一个世界，这个世界里，不喧嚣，无纷繁，多自由，没有钩心斗角……就像我孤零零地站在稻田中的那所房子前，看朝阳升起，大地雾气上升的那一刻，吹来的风很冷，然而，有阳光投放的暖意，哪怕很微薄，也足够呵护我的心。

2022 年 5 月 5 日晚于上海宝山，9 月 15 日凌晨 1 时台风来袭时改

《沈从文传》里的那张发票

1

金介甫的《沈从文传》以《他从凤凰来：沈从文传》之名出新版了（符家钦译，新星出版社 2018 年 7 月版），大约是出版过程中我帮过一点儿小忙，编者寄了一本给我。他可能想不到，这本书对我还真有特别的意义：这是我念大学时买的第一本书，时间是 1992 年 9 月 13 日。说这么清楚，并非我返老还童又获神力，而是买书的发票就夹在书里。我没有这样良好的习惯，尤其是留发票，不是随手扔就是胡乱塞。大活人站在这里不足为凭，几十年人格、信誉不足以证明，非得用一戳就破的一张纸来证明，这常常让我烦恼不已。私事尚可，公事什么都要拿发票，我拿是拿了，到报销的时候，我就找不到了。这本湖南文艺出版社 1992 年版《沈从文传》的购书发票偏偏还在，二十六年过去，我再次面对它，那就不是发票，而是回忆的凭据。

这个时间意味着什么呢？当年 9 月 10 日，我们入学。那天天还没亮，父母就把我送到白山路 79 号。——纯粹是农村人浇菜锄草的习惯，太阳没出来时干完活儿，不晒，清凉。报到这么积极、来这么早又何苦呢？记得我们在车里等了好久学校才开门。而城里的同学，都是下午才大摇大摆地来；后来成为小毛头他妈的那位，一周后才来（她蛮好不来呢）。

接下来两天是入学教育，老师在庄严地讲学校规矩，而学兄们给我们实用技术培训，背后告诉我们每个老师的脾气、习惯、笑话、糗事，乃至外号儿。一位老兄驾临我们寝室，惊呼："怎么没有扑克，这四年怎么过？"一句话就暴露了，这可不是一所三更灯火五更鸡大家去图书馆抢座的大学。用现在的行话讲，既不是211，又不是985。我倒不沮丧，反而有种解脱感。中文系，不用学数学，看小说成了我的专业，天底下哪里有这等好事？参观图书馆时，我特别留心，虽然图书馆规模很小，我想看的书还是很多，四年里不愁没事儿做。另外，这里可比高中自由多了，有大把时间想干什么就干什么，这才是我最宝贵的财富，够了，足够傻呵呵地迎接新生活了。

9月13日，上午好像还是什么教育活动，午后就没有事了。记得那天是阴天，下着毛毛细雨，但是没有打伞，我们从宿舍外面的小市场穿过。青菜，水果，鱼虾，小百货，这个市场摊位上什么都有卖的，气味，声音，人群，乱糟糟地搅和在一起。凹凸不平的地面，下雨天，像北方农村初春时的翻浆路。转过太原街，商店的录音机嘹亮地唱着流行歌曲，都忘了，只记得有陈百强的《偏偏喜欢你》。

我和一位姚姓同学出门去新华书店，就是发票上写的地址，那时没有书城，天津街新华书店是中心店，太原街坐23路车去。姚同学告诉我到青泥洼桥下，我只知道，那里是火车站，后来才知道，大连原来是个小渔村，传说青泥洼桥就是城市的发祥地。我们是从秋林公司旁下的车，那时候胜利百货还没有造好，九州饭店红褐色的楼是这一带最高的建筑，从它身下，穿过文物店，沿天津街走到下一个路口就是新华书店。忘了有几层，三层或四层吧，反正文学书在第一层，书店规模不算大，但比我们县城的新华书店可大多了。我记不得那天逛了多久，有多少书让我惊叹了——我想一定有，仅仅买了一本书，一定是刚开学，我在命令自己节制。再说，那些大套书，穷学生买不起，不敢问津。（事实证明，好多大套书，除了偶尔查一查东西有点儿用处外，基本上就是卖废纸时有分量。）

2

我在大连生活了十年，新华书店是常来常往的地方，然而，来的次数越多，不满越是在增加。那个时候，不像现在，想买什么书，操起手机就解决。现在我经常半夜里，看到什么新书信息，吭吭吭下单，再过一天，上班时一堆书就梆梆梆送到。念大学时，我早就是《文汇读书周报》的读者（这报纸现在也停刊，改为《文汇报》的一个读书专版）。可是，那上面登的新书消息，十有八九我在新华书店里买不到。辗转反侧，寤寐思之啊；一日不见，如隔三秋啊，这怎么可以，焉能不骂：这是什么书店？——几年后，我的耿耿于怀终于找到抒发机会。我调到报社，在一位大姐带领下，做的第一个话题就是：在新华书店为什么买不到好书？做了四五期，还开了座谈会。那时，新华书店还是部里的合作单位之一，但也要"铁面"无私。说实话，这么讲有点儿没良心，我还是在新华书店买过不少好书的，比如，这本《沈从文传》。准确讲，应该是：在新华书店，为什么买到的好书越来越少。——那是新华书店一统天下被打破，正在衰落的年代，它的颟顸、迟钝、傲慢，等等，表现十足，与个体书店甚至书摊的生机勃勃恰成对照。

今年年初，为庆祝某某多少周年，有人约我写篇文章，谈自己读书经历，我想到的居然是这天津街新华书店门前的小书摊：

写到这里，我不由得怀念起天津街当年的那些小书摊。新华书店，白天营业，很多书上货并不及时。下班之后，摆出来的小书摊，却把握了读者心理，都是读者盼望已久的书。从含金量而言，我始终认为 1990 年代才是当代文学真正的繁荣期，而我的 1990 年代最激动人心的阅读都是书摊提供的。如《苏童文集》《陈染文集》，长江文艺"跨世纪文丛"中的很多书，华艺出版社出的当时作家的集子，张炜、张承志、余华、韩少功、李锐……还有各种重印的外国文学名著，这也是图书发行体制改革之后的结果，原来由国营体制一统天下的局面由此被打破，文化纷呈且繁荣。

那时，吃过晚饭，坐 23 路公交车到友好广场，走到天津街，这些书摊在街两旁一字摆开。春天，北方的风很大，吹得书和招贴哗哗作响，也吹得我的头发一片缭乱，然而，风是暖的了，吹着人有一种张扬的快意。每家书摊都不大，用木板搭在三轮车上或箱子上，卖的书各有侧重，我一家家逛过去，常买书的摊位摊主渐渐都熟悉了，亲切地打声招呼之后，他已经能根据我的喜好告诉我，哪些是新上的书。很久就要找的书突然从眼前跳出来，那种兴奋溢于言表，赶紧抱在怀里，生怕别人抢去——两个人同抢一本书的事情也不是没有过，小摊进的书册数都不会太多，抢不上就得等下次进货，而读书人得了"秘籍"谁不想先睹为快？穷学生，囊中羞涩，想买的书又是那么多，鱼与熊掌不能兼得，不得不扳着指头算计买哪本舍哪本，有时候还红着脸请摊主给留哪一本，摊主也都通情达理地爽快答应。现在买书，打开手机，点几下就行了，要想买什么书，钱好像也不缺，方便倒是方便，然而寻书、翻书、买书、背书那种过程、实在感、快乐也随之被简化了，直奔结果的事情，这个结果总让人感到茫然而不真实。因此，我常常记不清哪本书是怎么买来的，也经常不能确认自己是否买过某一本书，在过去，这种事情绝对不会发生。

我忘不了在这些书摊中穿梭和流连忘返的日子。不知道什么时候，一夜之间，它们都消失了。大约是城市升级改造，更强调秩序吧？我总感觉越来越豪华的城市，少了许多沁入人心的温暖。（《迷雾中的阅读——四十年来的书与回忆》）

在大连，我还记得的民营书店有一德街的汇文书店，有人民广场南面的三联书店，长春路商场外面的书摊，新华书店南面二三十米里也有家小书店，忘了名字；在文物店背后有家批销店，我也去买过书，兴工街的图书批发城也去过。它们的存在，必然冲击着新华书店，让它徒有其表，虽然胖，却虚弱得很。

3

湖南文艺版《沈从文传》由张充和题签，大红书名十分显眼。它成为我进大学最初的日子里的身边读物。正好，我在图书馆里发现花城版《沈从文文集》，红与黑的封面，也很辣眼。高中时，读的沈从文的书都是单卷本的小说选散文选等，这下子突然有了十二卷本的文集，无异于耗子掉进米缸里。由于知识背景缺乏，有些作品，还是读个糊里糊涂，这个时候，我就去查《沈从文传》，查到了，喜不自胜；查不到，心中恨恨。新版的传记删掉后面所附的《沈从文著作年表》，这也对，现在《沈从文全集》已经出版，年表等参考读物都不难找，放在后面用处不大。但在当年，这个年表可是帮了我大忙。《沈从文文集》收文是没有交代出处的，有些文章的写作时间，我都不清楚。而我认为，了解一个人的创作，作品的写作时间是至关重要的信息，有了这个年表，我查对写作时间就方便多了，有时碰到最初刊出的原刊，也把相关文章复印下来，跟文集比较一下，看看文集做了哪些修改。

这么多年过去了，沈从文在图书市场上长热不退烧，金介甫的这本传记，至今看来也是有它的独到之处，是一流的学术传记。特别是它对沈氏及其作品与湘西的历史文化，对沈早年经历的研究上，虽烦琐却透彻，后出传记，未见有多少超越。写过《从文自传》《湘行散记》《湘西》诸多作品的沈从文，把他写浅薄了写流俗那是轻而易举。一个老外能写到这个程度，尤其是对资料收集所下的功夫，值得我们学习。他也谈到他写作此书"享有的优越条件"：1980年夏天，和沈从文单独晤谈十二次，每次长达三四个小时；后在美国耶鲁，又谈过六次，这还不包括他们一起游览、通信等接触。——他依赖沈从文的文本，又在这之外，像只䝙狗咬住线索不放直到牵出自己需要的东西。一个传记应该这样写，否则，我们看作者的书就得了，还劳你饶舌？

沈从文传
（全译本）

[美] 金介甫 著
符家钦 译
湖南文艺出版社

The Odyssey
of
Shen Congwen

西方世界   费正清弟子
里要的沈从文   著名汉学家
研究著作   倾心之作

[美] 金介甫 著   陈子善 | 止庵
                                            校订
符家钦 译

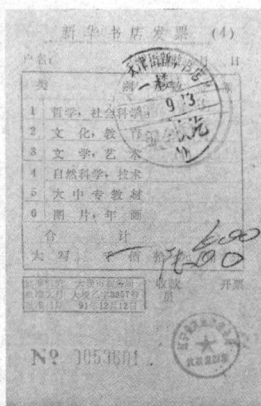

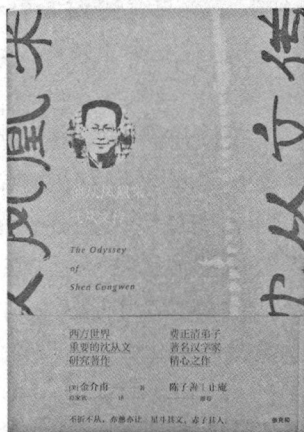

上大学时，沈从文是挂在我们那一代中文系学生口头的作家，以至后来听到有人讽刺：他们就读过那么几个作家。的确，口味未免有些太流行和单一了。上图为当年的《沈从文传》及发票；右下图为新版《沈从文传》的毛边本。花城出版社出版的红封面的《沈从文文集》是当年图书馆里耀眼的宠儿，我没有买全，后来买的是黄封面的，设计得一般。有了全集，这些文集又"退休"了，其实这个版本有很多值得研究之处。

湖南文艺版《沈从文传》，后面特意标了一个"全译本"，那是因为时事出版社 1990 年版此书，居然将原书六百四十六条注释删掉。——我曾经说，没有注释的人物传记，我是不看的。谁知道传主说的话，是不是你编出来的。（有的出版社经常打着为读者考虑的名义删除注释，愚不可及，也令人痛恨）金介甫的这本传记，注释不仅是标注引文出处，还是正文的补充、延伸、拓展。（有写作经验的人都知道，因为叙述原因，语言流向的原因，有些东西在正文里无法叙述出来，然而，它们并非属于冗余）这里有作者采访的资料信息，有补充的例证，有史料的辩证，它构成这本传记的一大特色。湖南文艺版用小字集中排在篇末是从二百六十四页到三百六十四页，有一百页之多，可见文字量多大。这些注释，我当年就读得饶有兴趣，这次拿到雅众文化策划的、新星版的新印本，我没有看正文，"买椟还珠"，几个半夜里，拿把竹刀，慢慢裁开毛边，却把注释重读一遍。有趣的内容依然很多，我曾戏言，一个敏感的学生完全可以从这里找到他做论文的题目来。

如第九十八页（新星版，以下均同）注六三：《从文自传》里写白脸姑娘弟弟骗钱，这姑娘，1980 年，沈告诉金介甫，名字叫马泽蕙。"沈夫人张兆和说，沈在沅州时和田兴恕的孙女，即沈从文的表妹，也有两情切切的关系，后来那位姑娘嫁了沈的六弟沈岳荃……"——这可是比西瓜还大的八卦啊。

一百零二页注八四：直至 1980 年年底，沈从文都不愿谈他对陈渠珍有什么不满的地方。

一百五十页注二表明，沈认为早期作品不成熟，"那都是原资料，不是作品"，他认为 1929 年才是他作品成熟的一年。同页注四，沈认为他算是中国新文学第一代"严肃的"职业作家。一百五十七页注二九，沈表明契诃夫对他有特别的影响。一百五十八页注三二，沈到 1980 年代，还每天读《圣经》，而金介甫和沈的朋友谈到这个话题时，张兆和总是设法岔开。三百五十一页注一，1980 年 7 月 24 日沈答复金问《边城》为何写得像田园诗，说他写的是民国初年的事，当时社会分化还不像后来那么激烈。——这些都是作家谈自己的重要史料。

一百五十八页注三五，1981 年 7 月 9 日金介甫与巴金谈话，巴金证实沈跟新月派毫无瓜葛，沈和梁实秋还有相当的距离。1929 年沈在中国公学教书时，巴金还劝过沈不要跟这些英美派文人接近。1974 年 6 月 14 日采访孙陵时，谈到巴金与沈从文友谊，"孙说两人之间的道义之交完全达到了前人解衣推食、处逆境时相濡以沫的境界"。

一百六十一页注四〇，1980 年 6 月 23 日金介甫采访钱锺书，钱说，沈从文这个人有些自卑感。

三百五十八页注七五，则为我解开长文《水云》中四个"偶然"的确切所指。今天当然不稀奇，我们读书时，写文章都是一本正经的，这种小报文章哪里找去啊。我第一次读《水云》是在庄河二高那间拥挤的教室里。高中时代，学习压力大，像噩梦，我感谢沈从文、巴金等作家，伴着我穿过那段阴暗的日子。《水云》读了两遍也不清楚作者云里雾里讲什么，年轻人的劲头就在这里，越不懂的越要读，不过，还是似懂非懂。金介甫的书，醍醐灌顶啊，原来写的是隐秘的情啊（当然不止这些），难怪不能写得那么明白，不然不成了给老婆的供状？不过，别以为老婆好哄，这条注释最后，谈到《看虹录》，张兆和说，可能一半是真情，一半纯属幻想。——看来一切尽在掌握中。

快三十年过去了，我毫无长进，除了知道的八卦比当年明显多了一点儿（难道这就叫"阅历"？）。但是，恰恰这一点，你可以想象，半夜里，我读到这些细节，可是比懵懵懂懂的当年更加恍然大悟浮想联翩。

4

面对这张发票，我完全记不得那天是怎么结账，怎么回到学校的。雨，肯定没下大。

奇怪，那天去的路上的每一个细节，我都历历在目。

我也不记得，什么时候告别天津街新华书店，它变成另一条街上的书城了。

我倒记得天津街改造前的一幕。2002年8月，我和太太在离新华书店不远处的路口吃饭。我即将到上海念研究生，就在一家叫上海什么的小店吃饭。那个时候，没孩子，就我们两人，爱到哪里就到哪里，幸福时光。想不到，吃着吃着，停电了。这么现代化的都市里最繁华一条商业街，停电了，真是少见。街上一阵骚动，不久蜡烛点起来。老夫老妻，左手右手，根本没有什么烛光晚餐的浪漫念想。但是，我们对视两秒，立即共同感觉到，这条从日据时代就繁华无比的商业街要衰落了。那柔弱的烛光完全抵不住时代的飓风。

这些年的变化还有很多，比如，2002年，它卖六元；2018年，变成六十八元，封面也比当年的复杂多了。很多书，换了封面，我好像就不认识了，它不再是我当年读过的那本了。这些年，我还做过很多蠢事，比如，有些书当年我是借图书馆读的，后来也买了新印本，可是遇到最初读过的老印本，我还是买回来，那才是我熟悉的面孔啊。青岛的薛原兄曾说，他可不喜欢旧书，这大概是对待女人的态度吧；而我，待书如老友，旧的更亲切。

关于《沈从文传》还值得记下的一笔：前两年，在香港，我很高兴遇到它的作者，高高大大，有些苍老，仍然激情满怀的金介甫先生。一路上除了聊天之外，我还郑重提出来跟他拍张照片，为当年的阅读做一个纪念。这些年，我不断走近当年阅读过的那些书中的人、地、事，有些相遇，强化了我的阅读，启发我重新理解当年的阅读。用沈从文的话讲，在读另外一本大书。尽管，这本书是读不完的，只能是有幸翻到哪一页就读哪页，如同漂泊中的随遇而安。

今年春节前的一天，寒风呼啸，我们一家人为午饭穿过面目全非的天津街。我承诺，要好好吃一顿大连饭菜，然而，那些所谓的"美食城"员工都回家过年不营业了，要不就没装修好，从这一头走到那一头，我们越来越没有劲头，心想遇到一个拉面馆或卖煎饼馃子的都行，我也宁愿在老婆孩子这里承担骗子的罪名。与老照片比，这里的建筑高大上光鲜亮，然而，在来来往往的人的木然表情中，店铺的心不在焉中，各种标语的有气无力中，我读不到一点儿生机和活力。我跟女儿描述当年这里的红火，她瞥了一眼，将信将疑。我还跟她讲，当年从新华书店出来，那个小胡同里有一家拉面馆，辣酱酸酸辣辣的，好吃极了，为了这辣酱，我经常多吃一碗。她仍然将信将疑。我明白，有些东西是永远无法挽回的，就像这张发票虽在，昔日的时光却不再一样。

2018 年 7 月 22 日，上海台风，我的生日。

少年血，黏稠而富有文学意味

——读苏童及其他

张艺谋拍的电影《大红灯笼高高挂》，我到今天也没有看过，电影是根据苏童的小说《妻妾成群》改编的，苏童的书在我念大学的时候倒是抢手读物。因为这电影，一时间，先锋小说家的作品也摆上了街头书摊。——书摊是 1990 年代城市的街头一景，我查了一下，江苏文艺出版社的《苏童文集》出版于 1993 年 9 月。这文集，我和班上的一名女同学各买了一套，还不时在一起交流读后感。1993 年，一夜之间仿佛全民"下海"经商，不过，中文系学生不懂世事，文学的梦想还不曾被金钱赎买，旁若无事地沉浸在 90 年代文学的异彩纷呈中。

"我知道少年血是黏稠而富有文学意味的，我知道少年血在混乱无序的年月里如何流淌，凡是流淌的事物必有它的轨迹。"这段话出自《苏童文集·少年血》的自序，也印在这一卷书的封面上。它与苏童小说中描述的一个个莽撞少年的故事有关，然而，所有的读者都不会画地为牢，他们会跳过文字所指而想入非非。我就是这样，虽然坐在教室里，安安静静地听老师讲现代汉语、古代文学，却并没有掐灭到混乱的街头上去打一架的狂野。"少年血"，热情，野蛮，冲动，不肯蛰伏，无法安分……这段文字是一种暗示和蛊惑，带给我僭越的兴奋。

苏童笔下的那条"香椿树街"，离我读书的北方城市太遥远了，我完全感受不到它的潮湿和混乱。那里发生的故事，大多属于我的上一代人，我虽然并不陌生，但还是隔着一层纱。苏童那时候的文字血气丰沛，开合自如，"信口开河"讲起的故事携带着陌生的经验不断闯进我的狭小世界，它们和众多 90 年代的作品一起，不断地教育着我，让我少不更事却积攒了不少故作老练的资本。十年后，我移居南方，漫步一个个江南小镇的街头时，早年阅读中"香椿树街"的记忆渐次复活，我对那些文字又有了立体的感受。可惜，《苏童文集》已经被我高高供在书橱中了。我不知道自己的血管里是否还有"黏稠而富有文学意味"的"少年血"，只觉得整日奔忙挤走了太多的闲情和胡思乱想。岁月挽不住，不知不觉，一个个血气方刚的"文学青年"已经鬓角染霜，已是"成功人士"。他们在许多重要场合发表着言不由衷的正确观点，奉献谦恭的微笑……每逢这时，我本应不失时机赞助一个笑脸才对。谁知道，思想的野马常常开小差，我躲在一旁怀念起那些"混乱无序的年月"。那年月，大家一文不名，也不必西装革履、油头粉面，虽然说什么都不会有人正看一眼，但是每一句话都是从心底发出，气贯丹田，"少年血"也不时撞上脑门。

我的《另一个巴金》（大象出版社 2002 年版）正是沸腾着"少年血"那年月的稚嫩之作，不同的年岁有不

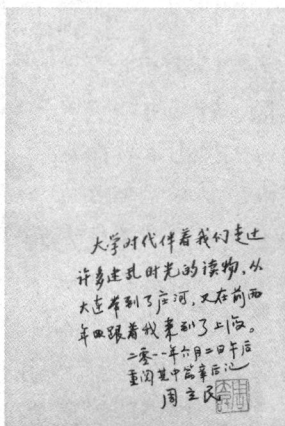

　　我总记得这一卷的《苏童文集》请苏童先生签过名的，可是，没有找到，倒是找到了写在环衬上我自己的一段题记。这书，我家里应该有两套才是，也许在另外一套上，也许不存在，反正年月久了，很多枝枝节节的事情也就过眼云烟吧。

同的文字，那时候我没有学会故作深沉，不老练却也不老气横秋，心无挂碍，一心沉浸在历史和文字世界中。我也从不欠别人的稿债——其实是没有多少人向我约稿。每篇文章都是在脑子里跳跃的念头，自己出题目自己写下来。这样写文章如同漫无目的地在大街上闲逛，没有时间和区域的限制，也不需要人来陪，信马由缰，自由自在。

苏童曾谈起少作《桑园留念》："重读这篇旧作似有美好的怀旧之感，想起在单身宿舍里挑灯夜战，激情澎湃，蚊虫叮咬，饥肠辘辘……"（《〈苏童文集·少年血〉自序》，《苏童文集·少年血》第2页）这些话点燃我的记忆，看《另一个巴金》各文文末所署写作地点：白山路，大黑山下，净水厂，民政街……昔日的生活场景如老电影一样从脑海中浮过：那时生活简单，条件简陋，却无忧无虑，不以为苦；人微言轻，常遭白眼，仍然壮志在胸、世界在我脚下。苏童尚有"单身宿舍"，我都是几个人合住的集体宿舍。"一间自己的房间"，做梦都没有想过，在举目无亲的城市里有一个落脚点就很满足了。狭小的空间里塞满我的书，我不记得每一处书桌的模样，在那样公共空间中，拥有一张个人的书桌是奢望。我的很多文字是在宿舍中的书桌兼饭桌上写下的。那是某个假日或周末的夜晚，室友们都去找姑娘了；要么是在空空荡荡的教室里，我一个人在奋笔疾书，窗外是漫无边际的黑夜，看看表，要到宿舍关门的时刻了，赶紧收拾纸笔，匆匆赶回去……

1990年代，横亘在人们面前的高大厚重的墙仿佛一夜之间就坍塌了，大家一下子置身荒原心无傍依。荒原上无路可走却可以处处开路，尽管不辨方向，我却按捺不住跟在别人的后面奔向朦朦胧胧的前方。那么多的

"力比多"化作文字，填满了每一个孤寂的夜晚。这些文字无疑带有鲜明"九十年代"特征，很容易就辨别出它们来自哪里，在我的学徒期，上场亮出的招式中难免还有师父们的套路。我发现，那些师父即便遭逢风霜，在"市场经济"的春风下又红光满面、雄心勃勃、各显其能，我则义无反顾地簇拥在他们身旁摇旗助威。有一首歌叫《风的季节》，仿佛唱出了那个年代的忧伤、失落、凌乱，却也有痛快："凉风轻轻吹到悄然进了我衣襟/夏天偷去听不见声音/日子匆匆走过倍令我有百感生/记挂那一片景象缤纷/随风轻轻吹到你步进了我的心/在一息间改变我一生/付出多少热诚也没法去计得真/却也不需再惊惧风雨侵……"那个时候，很流行一大群人吆吆喝喝地去歌厅唱歌，我不会唱歌，却相信既可爱江山又能爱美人。后来才发现，既没有江山，又没有美人，那些都是卡拉OK。

解开一层层的失望终于看清真相，二十年后，翻阅旧作，我比别人更清楚它们是那么不合时宜。当然，"时宜"是什么，我恐怕永远也弄不明白，毕竟，我是一个写作者，而不是市场上的行情小贩。相反，我很迟钝，人家早已"态全新"，我还在弹旧调，谁会有兴趣去听这些呢？因此，差不多一年多的时间中，我一直在拒绝重印这本书，心想：就让它作为历史存放在岁月里吧，如果未来还有读者，我宁愿愿意地等待他们。然而，做出版的朋友耐心和热心说服了我，他们肯花钱印这样一本不合时宜的书，我不能无动于衷，这才有了本书的这一版。"后胜于今"常常是人们的美好愿望，"今不如昔"倒是屡见不鲜，我也不得不提醒读者：我本人修正了不少文字的错字，时代的风沙磨去不少棱角，这些变化都让我不能打包票说这是一个好版本。倘有好事者，去对比一下本书三个版本的异同，相信不会是竹篮打水。

夏天的梦炽热却短暂，时光流转，季节轮换，秋风扫落叶，这本是自然规律。可是，一个迟钝的人，他总是跟不上季节变化的节奏，于是常常喷嚏不断。这种不适应，好比看惯了一个人豪气满怀地唱着红脸关公，大幕一开一合，再次登场，他却粉墨登场变成二丑。或者，像陈寅恪所写的"涂脂抹粉厚几许"（《偶观十三妹新剧戏作》，《陈寅恪集·诗集》第 89 页，生活·读书·新知三联书店 2009 年 9 月第 2 版）"改男造女态全新"（《男旦》，同前，第 88 页），看戏的人心领神会一笑了之，我还张大嘴巴没有反应过来：这戏路改得也太快了吧？2020 年，在疫情之中，莫言出版了《晚熟的人》，这书迟到了至少十年，否则，我会更早地反省一下自己的太"晚"。

大浪滔滔，没有一粒沙石会纹丝不动；归来依旧是少年，呵呵，我只知道逝去的时光都追不回来。此情可待成追忆，只是当时已惘然。一弦一柱思华年之时，最堪告慰的是我还认得自己，一些习惯也不曾改变，比如，对鲁迅和巴金作品的阅读。无论走到哪里都有他们的书相伴，我从他们那里汲取精神力量，并且日益感觉到这种力量的强大。这两位前辈，人们常常说鲁迅冷峻、沉郁，巴金热情、奔放，这自然很对，不过，两个人也有不少心心相通的地方，他们对这个世界的理解有不谋而合也有承传关系。随便一翻，在他们的书中，就能看到两人会心之处：鲁迅 1933 年论"言论自由的界限"，说到有些人嚷着要什么时，他认为："世界上没有这许多甜头，我想，该是明白的，这误解，大约是在没有悟到现在的言论自由，只以能够表示主人的宽宏大度的说些'老爷，你的衣服……'为限，而还想说开去。"
（《言论自由的界限》，《鲁迅全集》第 5 卷第 123 页，人
民文学出版社 2005 年 11 月版）鲁迅看透了恩赐的自
由，多年后，巴金从另外一个向度表达了相同的看法：
"'创作自由'就在我的脑子里，我用不着乞求别人的恩
赐，也不怕有人将它夺走。"（《再说"创作自由"》，
《巴金全集》第 16 卷第 642 页）他谈到托尔斯泰生前不
曾看到过《复活》完整版、各种文字的版本都是删节版
时，从作家的角度说了一句很自信的话："但是任何一位
审查官也没有能够改变作品的本来面目。《复活》还是
托尔斯泰的《复活》。"（《关于〈复活〉》，《巴金全集》
第 16 卷第 548 页）这种不谋而合奇怪吗？不奇怪。作
家的气质、类型、写作风格会有不同，但是他们面对的
上天的运行法则、内心的道德律令、人类的伦理规则，
以及表现出来的态度往往是一致的。人们常常说的"底
线"，其实也是大家共同认定的标准，东海西海，今人
古人，人类文明绵延至今，不总是表现为差异，也常常
有一贯和一致。比如，顶着"作家"的神圣称号，他们
必然有对这一身份的认同，在这样的认同中也必然有相
互坚持的底线。在另外一个层面，我还看到不论风雨阴
晴，他们的内心和文字中还是有一种强大的自信，巴金
常说他在作品中表达了光明一定会战胜黑暗、希望一定
会在前方的信念。鲁迅也说"地上本无路，走的人多了
就成了路……"这些话，初读会觉得像是祝福语，浅
显、一目了然，并没有什么深奥的"哲理"。然而，生
活经验却教导我，现实复杂，人生多艰，可是在很多关
键时刻、抉择关头，一切又变得无比简单，像接受采访
的救人英雄，问他那一刻想到什么的时候，他们经常是
羞涩地回答，只想到"救人"二字。简单的道理只要转

化为一种真实的信念，它就会给我们提供坚实的力量。风风雨雨中，它们单纯、简洁，却可以依靠。

那是 1995 年的春天吧，在我读鲁迅、巴金的时候，同时，也在读苏童等人的年月里，我收到一本《鸡鸣风雨》（陈思和著，学林出版社 1994 年 12 月版），这里面的文章说自抗战以来的中国文学史可以用政治权力话语、民间文化意识形态和知识分子精英意识来概括，后来，作者又谈到知识分子的"岗位意识"……不用多说，这也是典型的 90 年代话语，大家都在寻找或开拓另外的空间，期望能把自己的胸怀或理想容纳其中。不管以后他们又发生了什么变化，这些都是我成长和接受教育过程中接触到的观念和信念，它们默默地融入生命底色中，便也固执地穿过时间走到现在。小说家帕慕克说："在今日这混乱、艰难、迅速流变的世界里，我一生都在喧嚣和嘈杂中踽踽而行，人生之路盘旋曲折，让我不知所从。我忙着在寻找开头、中间和结尾。在我看来，灵魂这东西只能在小说里找到。"（《在卡尔斯和法兰克福》，《别样的色彩》第 274 页，宗笑飞、林边水译，上海人民出版社 2011 年 3 月版）套用他的话，我的"灵魂"也只有在这些文字中才能找到，不论是过去的，还是现在的；是别人的，还是我自己的。

说了这么多，无非给新一代的读者提供一点"精神的背景"，让他们清楚这些文字是在什么情形下写出来的，时代的隔阂在所难免，有时候隔的是万水千山，有时候也不过是一层窗户纸。

那本《鸡鸣风雨》让我喜欢上《诗经》中这首诗，它最后一节我常常吟咏："风雨如晦，鸡鸣不已。既见君子，云胡不喜！"注本都说这是一首妻子与丈夫久别重逢、无限喜悦的诗，我却体会不到"喜"在哪里。风雨凄凄，风雨潇潇，风雨如晦……以哀景写乐景？这么沉重的气氛就不说了，单是"云胡不喜"这种反问句，为什么"不喜"，分明是看到对方之忧嘛。《毛序》中说："风雨，思君子也。乱世则思君子不改其度焉。"（转引自陈俊英、蒋建元：《诗经注析》第 251 页，中华书局1991 年 10 月版）这话我倒是信了几分，然而，"不改其度"，谈何容易？三十年前我们一起走过厚重时光的人，有几个敢说"不改"呢？如今重读此诗，不是少年不识愁滋味，也不必为赋新词强说愁，我只有深深地自警：风雨如晦，千万不要辜负我们受过的教育啊。

2021 年 10 月 7 日零点 38 分
记于上海，10 月 21 日夜改

　（附注：本文本为《另一个巴金》修订版而写的后记，后因各种原因，该书未能出版）

岁月冷暖，纸上悲欢

——读陈白尘《云梦断忆》

1970 年 6 月 7 日，身在湖北咸宁五七干校，还背负着"黑帮"罪名的陈白尘在日记中写道：

> 向冼宁借阅《红旗》，读完批判文章，心痛欲裂。作为中央的党刊，对一个党员作如此批判，其势有如泰山压顶，是无从分辩的了。默然接受这样错误的批判，置真理于不顾，难道不是对真理的背叛？那又是什么共产党员？申辩，将说我是反对党中央；不申辩，也是欺骗党中央！我将何去何从？（《干校日记》第 177 页，生活·读书·新知三联书店 1995 年 5 月版）

《红旗》上的"批判文章"，是署名为"钟岸"的《毛主席领导的红军是英雄汉——批判反共历史剧〈石达开的末路〉》，《石达开末路》（后改名《大渡河》）是陈白尘抗战前在上海所写的一出历史剧，"文革"中被"莫须有"地批判为是影射红军的失败，这可是"反党"的罪名！当欲加之罪何患无辞时，被批判者只能处在人为刀俎我为鱼肉的境地，不仅欲辩无言，而且言之无用。自己的命运全凭他们操纵，个人的渺小、无力，生命的苍凉，还有世界的荒诞……处在这种境地中，各种滋味恐非一言可以道尽。从这个意义上来讲，这本《云梦断忆》可算是特殊的境遇中苟活者的屈辱记录。

　　然而，薄薄一张纸又怎么载得动那么多人世的冷暖？更何况事后的回忆，时间也滤去了很多冰碴儿。这种冷暖，未必都是严冬的大风大雪，而似不见阳光的南方冬天，又冷又潮，彻骨的寒气从早到晚渗透在每一天里。《云梦断忆》中有一篇《忆眸子》，写人"心灵的窗户"，陈白尘说，陌生人的怒目，易于接受，而熟人、朋友，朝夕之间，就成为"阶级敌人"，怒目而视，尤觉悲凉。更为锥心的是对面而过视而不见，那是彻底的漠视，让本来低人一等的这些"异类"，痛感自己已不属于"人"的群体。陈白尘印象最深的是在北京的大院子里住，到前院去打水时，"每每有一位约莫三岁的小姑娘过来看我，而且仰起她圆圆的脸蛋，用乌黑而透亮的眸子看着我，用甜蜜的声音叫我一声：'爷爷！'在这年月里，谁都恶语相向，独这天真的孩子还把我当作常人来称呼，你能不感激涕零么？但我却不敢答应她，只偷偷地用手摩抚一下她那漆黑的头发，并报之以点头微笑"。（《云梦断忆》第70页，生活·读书·新知三联书店1984年1月版，本文以下只注明页码，未注出处的引文，均出自该书。）不是在争取尊重，只是争取"常人"的权利，一声称呼，便温暖到心窝。然而，那颗心最后还是被时代划伤，又过了两年，他搬出大院又搬了回来，想到两年前的小姑娘，心中暗自欣喜：

　　果然，搬来的第二天，一清早，有个五岁的小姑娘在我的房门前伸头探望。正是她：两年未见，长高了一些，脸蛋还是那么圆，眸子还是那么乌黑而透亮，我急忙蹑足走近她，还想摩抚她那漆黑的头发。但我的手触电似地缩回了。因为从她同一乌亮的眸子里透出的不再是无邪的光辉，而是愤怒的怒火。……我正不知所以，她猛然叫了一声："大黑帮!"转身就走；但马上回头又恶狠狠地补充一句："大坏蛋!"然后一直奔回左隔壁房里去了。（第71页）

陈白尘形容当时的感觉是"恰似万箭穿心！我不能不痛苦，脸红心跳，以至流了泪"。（第71页）其实，这样的打击在后来到干校也遭遇过。家里人给他寄来的罐头，干校头头儿不让吃，只好送给附近幼儿园的孩子，没有想到孩子们"阶级觉悟"甚高，拒绝吃"黑帮"的食品，竟然退回了……回忆这些，陈白尘困惑：何以那些纯洁、清澈的孩子的眸子中，竟然充满着仇恨？同在"文革"中经受过种种屈辱的巴金在《随想录》中也在反复追问：明明都是人，为什么会变成兽，吃人的兽呢？

他们都感受到同类那种变化，只要气候适宜，慈眉善目的人，居然变成青面獠牙的咬啮同类的兽或者魔。《云梦断忆》中曾记牧"牛"（"牛鬼蛇神"之"牛"）人是如何折磨他的故事：那是他被派到与连部有二里之遥的茅屋中去住时发生的事情，坝内荒无人烟，茅舍中并非他一人，总有革命群众陪住，也施行监督之职。在这样不平等的小环境中，他不得不事事小心，但也难免动辄得咎。其中，有一个牧"牛"人，"由于某种工作上的关系，我们曾经是莫逆之交，有时竟会纵谈到深夜"。虽然，"文革"中两人少有来往，但旧雨重逢，陈

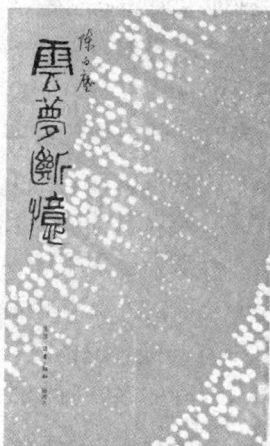

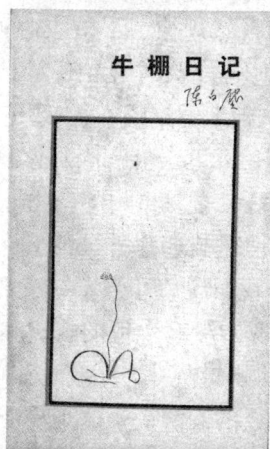

陈白尘晚年的几本书，很值得好好读一读。其中，《对人世的告别》是 1997 年初秋在上海买的，当时是坐船回大连，全程好像二十几个小时，是它伴随着我度过了寂寞的海上时光。

白尘还是心有期待的，没有想到他等来的竟然是："而且第一天，他上任之初，便提出一个新要求，要我每天晚上回连部去为他打饭。理由是他的视力欠佳，不能走黑路。"（《忆茅舍》，第38页）当时，陈白尘已经年逾花甲，从顾惜老人的角度似乎也不应如此无情，"革命少爷"却坦然享受……这样的事情，如果翻开那个时代人的回忆录，并不鲜见，折腾人、折磨人已成了一种时代的癖性。当地农民关于"五七干校"的两个顺口溜便很能说明问题：五七宝，五七宝，/穿的破，吃的好，手上戴着大手表！/五七宝，五七宝，/种的多，收的少，想回北京回不了！——"种的多，收的少"，一是这些作家哪里是种地的料儿？二是违背自然规律、不按农时种地。另外一首顺口溜则道出他们种田怪现状："大雨大干，小雨小干，晴天不干！"为什么？种地不是根本，"改造"才是大义，要"一不怕苦、二不怕死"，与天地斗不算，与人斗才其乐无穷。人成了最轻贱又是最可怕的动物，因为同类相互撕咬，陈白尘甚至更愿意与那几百只鸭子一起生活，与它们交朋友，看它们嬉戏、谈"恋爱"，《忆鸭群》写道：鸭子从来不会骂他，鸭群中没有尘世的喧嚣和人世的争斗，在人所低看一等的动物世界中，人才获得了平等、尊严，才有了心里得以释放的安静……这是一个扭曲的世界。

说时代扭曲了人性，这话固然不错，但从反思自身的角度，这又极其容易成为我们推卸个人责任的理由，仿佛这么一推，脸也不红心也不跳了。正如钱锺书所言："惭愧常使人健忘，亏心和丢脸的事总是不愿记起的事，因此也很容易在记忆的筛眼里走漏得一干二净。"（《〈干校六记〉小引》）总是不面对，不"触及灵魂"，不是清风明月心底坦荡，而是让病毒淤积成瘤，早晚还

会发作的。这种反省，我认为最基本的一个层次还不是
做"圣者"的反省，比如，为什么没有在那个时代中挺
身而出，或振臂一呼，这固然是高境界，然而，这种训
导也经常让人做不成圣者即为恶魔，以往乃至当今诸多
这种教育早已开花结果人所共睹，而圣者的确又不是人
人都可以做的。因此，我倒赞成要有常人的扪心自问，
就像当一个人丧失了做人的基本权利之后，不是盼望养
尊处优、高高在上的生活，而只是希望做芸芸众生中的
一员。我们得问问自己：做人的良心在哪里？这么做不
违背人性、不违背人情吗？有了这样一问，至少证明我
们还不想从人变成兽。《云梦断忆》中也有不少例子向
我们展示：在一个寒冷的岁月中，那一星火光，可能就
是未曾泯灭的人性和尚有余温的人情——由此，我们也
不难理解，为什么某一段时间内，大批人性论、人情
论，有了这种铺垫，一切水到渠成。

　　初到干校，因为集体宿舍尚未建成，陈白尘等人被
分散在当地老乡家里住的，陈白尘的房东是贾大爷，表
面上不言不语，似乎也不大愿意与他交往，然而，在以
后的岁月中，他们之间曾留下了最温暖的记忆，这一家
人并不歧视他，而且敢于跟他说："你受苦了，陈大爷！"
当《红旗》上的批判文章传到干校，食堂中又贴满陈白
尘的标语，大家摩拳擦掌在批他的时候，贾家老二却来
给他打气："陈大爷，别放在心上！我们相信你！"（《忆
房东》，第20页）在牧"牛"人中，有一个以前在单位
看管房屋的人，收白菜时，看他挑不动，二话不说夺过
来便挑着走，他不想连累好人，连声叫"别！别"，而
这位却低声警告："别嚷！别嚷！"（《忆茅舍》，第44页）
等要到连部了，他才放下担子。两人住到一起后，"每
个星期天他都让我去附近的甘棠镇或窑嘴走走，他看园

子"。(《忆茅舍》第 45 页）这算不得什么大事情，然而，正是这样没有泯灭的可贵人性的微光才照亮了那个黑暗的岁月，温暖了多年后的记忆。

钱锺书说《干校六记》是"大背景的小点缀，大故事的小穿插"（《〈干校六记〉小引》），仅有八篇文章的《云梦断忆》，忆房东，记茅屋，说鸭群，道探亲，写的也是这样的事情。作者还有一部《牛棚日记》留下来，恰可相互参照，很多"本事"俱在日记中。"云梦"者，乃是他们下放的咸宁五七干校，为古云梦泽旧地，当然，今天人们更愿意把这里叫作"向阳湖"。"断忆"，作者在本书《后记》中言："因为这段经历印象较深，感受较切，而且不写全貌，只写几段难忘的人与事，可以不需日记来查对了。"这书 1982 年 9 月 6 日到 11 月 10 日写于美国，当时陈白尘应邀参加爱荷华写作计划，其间，完成了这本小书。该书香港版封底曾有介绍文字，我认为比较准确地道出它的特点："作者以诙谐、敏感的笔触记述在干校劳动时的见闻、际遇，反映人生百态，透视'大浩劫'年代各式人等的面貌，含而不露，幽默中寓哲理，辛酸处蕴挚情，文章辛辣、风趣，读后令人回味。"陈白尘早年写小说，后以戏剧知名文坛，算是左翼作家，晚年的这一部散文作品堪称创作中的珍珠，可是大约"左翼作家"的身份总不如"钱锺书夫人"更入时人的法眼，所以提起写干校的作品，往往以《干校六记》为独尊。我倒是为这部《云梦断忆》叫屈，自认为它并不输于《干校六记》。

大概是读大学的时候吧，我读到了发表在 1983 年第 5 期《收获》上的《云梦断忆》，因为在农村长大，《忆鸭群》一篇印象尤深，鸡鸭本是农村习见之物，但如此有感情的相处甚至有些同病相怜的味道。1997 年 9

月，在上海我又买到包含这部作品及其他陈白尘回忆文章的《对人世的告别》（生活·读书·新知三联书店1997年4月版），那是一本有839页、43万字的大书，不过，我是坐轮船从上海回到大连的，海上漂泊的两天中，它是相伴我唯一的读物。汪洋大海，碧波浩渺，放下书，有时候到甲板上看看浪花，我的脑子里还在想：云梦泽是什么样子呢？可惜，至今也没有去看看。

去年，通过孔网，我又买到了《云梦断忆》的初版本（三联书店香港分店1983年11月版），我很喜欢这样的小册子，更何况"回忆与随想文丛"这套书中的诸书装帧、设计朴素、大方，三十年后也堪称精美，遂在冬天又重温了一遍这些文字。这不是板着面孔的历史教育课，很多细节都很鲜活，令人记忆犹新。如讲沈从文夫人张兆和的"传闻"，将来也可以入新笑林的："据传闻，有次她看见一头驴子（在这地区，它也称得上稀有动物），却不知雌雄，便问身旁的人，'这头驴是男的，还是女的？'身旁的人哄然大笑，传为美谈。"（《忆茅舍》第35页）印象更深的还有，张光年、张天翼和陈白尘，三个"黑帮"在北京，被批斗之余，去饭馆自我改善生活的事，三人还各有分工：张天翼负责占座，张光年买酒、拿杯筷，做过作协秘书长的陈白尘则点菜、结账。"这是我们在北京'牛棚'中最愉快时期：疾风暴雨式的批斗、连篇累牍的检讨和应接不暇的外调都已过去了，每星期于读书、看报之余，还有此半日游的'自由'，怎能不知足呢？有人把我们这类'年鬼蛇神'的生活写得完全阴森可怖，也算是犯了'概念化'的毛病吧！"（《忆云梦泽》第4页）含泪偷欢也是继续人生的一种燃料吧。

"精神胜利法"也是需要的，六十岁生日那天，陈白尘还被逼写交代材料，写完后，他叫上张天翼，两个人大吃大喝一顿，1968年2月27日他的日记中这样记：

> 依农历，今日是我花甲初度，家中妻儿一定还要稍事庆祝的，而我则苦于赶写材料，几不能支，颇为悲愤！因决定今日无论如何将其完毕。上午写4 000字，下午未去参加学习，欲一鼓作气完成，但2时许又来外调，记录而去。4时继续赶写，至5时半基本完成，大大松了一口气。
>
> 下班时，约天翼同行，至春元楼购酒大饮，吃饺子两大盘，聊以自祝。天翼不知何故也，可谓自得其乐了。夜，大酣睡。（《牛棚日记》第81页）

认真想一想，这种自得其乐，何尝不是打掉牙齿强装欢颜往肚里咽的辛酸？

2015年3月7日傍晚于竹笑居

念去去，千里烟波

——《查令十字街84号》与玛赫时光

这个天，说变脸就变脸，又下起雨了。

中午去吃气蒸海鲜，旁边一对男女，老大不小了，说的话黏黏腻腻，像是幼儿园刚毕业。或许，我早已过了欣赏兑了水的清纯的年龄，总觉得这是海鲜没煮熟就进了口。回来睡了一觉，雨还在下。上午，合上书时，曾经想过，厮混在老旧的时光里，雨天可能更适合，想不到，场景这么便宜就来了。

我在《星期六文学评论》上看到你们刊登的广告，上头说你们"专营绝版书"。另一个字眼"古书商"总是令我望之却步，因为我老是认为：既然"古"，一定也很"贵"吧。而我只不过是一名对书籍有着"古老"胃口的穷作家罢了。在我住的地方，总买不到我想读的书，要不是索价奇昂的珍本，就是巴诺书店里头那些被小鬼们涂得乱七八糟的邋遢书。

1949 年 10 月 5 日，从纽约东九十五大街 14 号寄出的信，是这样写的。信是寄往伦敦查令十字街 84 号马克斯与科恩书店，剩下的故事人们早已耳熟能详吧？从此，海莲·汉芙小姐（绝不是女士，她自己强烈要求，哈哈）与这家书店有了二十年的来往，与书店的弗兰克先生更是结为知己。她开出的书单，他倾尽全力为她找到，书信中显示出，这是个"超级书商"，他懂书，更懂得这位顾客的需求。他的同事、家人、邻居都成了她未曾见过面的朋友，在物资短缺的 1950 年代初，并不富裕的她却给书店的店员们寄来火腿、丝袜，各种在伦敦的"稀缺"物品，让他们在圣诞节里有着温暖的回味……这是被称为"爱书人的圣经"的《查令十字街 84 号》（海莲·汉芙著，陈建铭译，译林出版社 2016 年 4 月珍藏版）所讲述的故事。

并不是新书，大约今年春天什么时候吧，我去的几家书店居然都在显赫位置摆出它的新印本，这和孙机的书成了畅销书一样让我大为不解，老旧时光和老旧故事成了时代先锋？请教了几个人才明白，一个什么电影里出现了这本书，还是根据这书怎么怎么的，所以，它出柜了、上位了。唉，我这等老土，以往，很久都不看一场电影，近几年因为住处附近有几家电影院，有时候会拿电影打发夜晚的百无聊赖。那些高大上的艺术片，非我所选；那些人们像老情人一样挂在嘴边的明星，我不认得；什么导演什么流派、风格，我木然（一个大众消费品，拿到大学课堂里讲风格，哼哼）。我看的都是（粗俗不堪的）砰砰咣咣枪战片，吃一桶爆米花，过一阵瘾，不负任何法律责任，拍拍屁股走人，爽！有一回女儿吓得提前退场，惹得我头发不短的老婆为"少儿不宜"屡屡抗议。其实，让孩子直面一下现实有什么不好

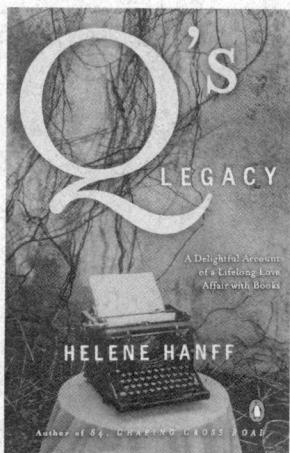

这本书能够让很多人心醉神迷，我实在大惑不解。后来想，是不是读书人都是寂寞的，才会感同身受？不过，幸好有书，幸好有书信，很多记忆才没有随风飘散。它的英文本和另外一本《Q的遗产》，我是在长乐路一家西文书局买的，下班走过，碰到熟人，问有新书吗，她就指了架上的这两本……

呢？现实，绝对不会是某些好莱坞大片那样温情脉脉。

对了，《查令十字街 84 号》1987 年也拍成过电影，台湾的译名为《迷阵血影》，简直天才爆表，不知哪儿跟哪儿。不过，细想一下，现在怎么会是"我现在蜷瘫在安乐椅里，聆听着收音机传出恬淡闲适的古典音乐"（1959 年 9 月 2 日信，101 页）的时代？海莲说："《垂钓者言》里的木刻版画太棒了，光这些插图的价值就十倍于书价。我们活在一个诡异的世界——这么漂亮，又能终生厮守的书，只须花相当于看电影的代价就能拥有；上医院做一副牙套却要五十倍于此。"（1952 年 5 月 11 日信，69 页）她不能理解这个世界的"诡异"，而这个世界也不会理解她的"奇异"。（至今很多人还在解读她与弗兰克之间的"恋情"，就让我觉得人们的想象力庸俗不堪，就凭后者妻子的那封信？）幸好，她没有活到今天，否则都是那些粗俗不堪的平装书还不让她恶心死？今天，没有人愿意收她的信，也不再有人给她回信，她还不得忧郁症？此时，我认为"迷阵血影"倒是一个贴切的名字，一个有着古典头脑和生活方式的人，游走在当今街头，岂不正是跌进"迷阵血影"？

2

海莲·汉芙的世界注定要烟消云散。

译者在此书的注释中，交代了书店的命运：

"马克斯与科恩书店"起初在老孔普顿街（Old Compton street）开业，先后曾移往查令十字街 108、106 号；一九三〇年迁至查令十字街 84 号。马克斯与科恩书店除了经营一般古旧书籍外，其对狄更斯相关书籍收罗之丰沛，当时无其他书店能及。一九七七年，该书店因主事者陆续亡故而歇业。其店面一度由"柯芬园唱片行"承接。现在，店门口外还镶着一面铜铸圆牌，上面镌着："查令十字街84号，因海莲·汉芙的书而举世闻名的马克斯与科恩书店原址。"（第131页）

海莲长久以来就渴望踏上这片土地，然而，在弗兰克生前，她一直未能实现这个心愿。1961年，她曾写道："弗兰基，这个世界上了解我的人只剩你一个了。"八年后（1969年），她给朋友写信说："卖这些书给我的那个好心人已在几个月前去世了，书店老板马克斯先生也已经不在人间。但是，书店还在那儿，你们若恰好路经查令十字街84号，请代我献上一个吻，我亏欠她良多……"（第123页）又过八年，书店也不在了。

这是个忧伤的故事吗？不知道，因为今天的人们哪里有耐心倾听你诉说忧伤。时不时，有朋友发来在查令十字街84号拍的照片，不是傻呵呵在笑，就是志满意得的样子。现代世界因为开放，人类的活动空间和眼界突然变得无比辽阔，辽阔得再也让我们无法细心打量一棵小草一朵小花了，放眼望去，都是不见具象的一片迷茫。在上海这样的城市里，东头顾不到西头，每天消失的，到来的，预约的，人、事、店又何其多，多到我们终于麻木，我们看到每一张面孔都是即逝的来不及记住的瞬间。

一个小书店的消失，在浩如大海的城市中算得了什么？就像这两天，朋友圈里传了很多巨鹿路677号玛赫咖啡关门的消息。

很多人在追忆那些逝去的时光，好几位新闻界的朋友说：我在那里采访过多少人啊。我的本能反应是，既然一切终将逝去，早早晚晚都不过如此。后来，看到很多人传来的各种照片，又觉得时间宰杀的不仅是这个名字、桌椅、咖啡，还有我生命中的六年时光。这六年，我在这里约过多少人？夸张的时候，同时几拨人相聚于此。大多是为了谈公事，因为办公室实在容纳不下一个外人，而这里恰好又在单位大门口，人人都找得到，方便。想到这一节，我不觉忧伤，而是悲哀，我多少时光浪费在这里啊。我喜欢跟三五知己漫无目的地倾心而谈，不喜欢煞有介事地谈"公事"。这些最好交给有雄才大略的人，盛世伟业中多我一份少我一份又能怎样？所以，我从来都不绕弯子，不喜欢啰里啰唆，甚至觉得电话里、邮件里能够解决的，就不要当面谈。然而，上海，是绝对让人闲不下来的节奏，于是，人来人往，出入玛赫，我们个个衣冠楚楚，自我感觉无比良好，俨然社会要角，全然不觉连只蚂蚁都不是。

这么说好像是迁怒于玛赫，可是谁都清楚，玛赫在与不在，生命中的那些屁事儿都在。

3

有人曾经兴奋地、激动地、血压二百五地跟我说：我在玛赫咖啡遇到金宇澄啦！（好像后来都叫"爷叔"啦，我不是上海人，还是规矩地叫"金老师"。）

我经常用很配合的表情说：是吗？脑子里出现的画面却是：金老师很霸气地推开门，穿过店堂去后院上班。遇到熟人，会停五秒，很迷人地笑一笑。记不得他戴没戴墨镜了。按照李安的场景要求，大约最好戴一个。

见那少女还沉浸在金爷回眸一笑的甜蜜幸福中，我动了奚落她的心思，便说：要是你早生六十年，在这里还会遇到……

她迫不及待地问：遇到谁，谁？

我笑了：你遇到的不是王安忆，而是王安忆的妈妈。

遇见，是咖啡馆说不完的桃红色主题，这是人的自我迷幻。

我在这里遇见过谁呢？大多想不起来了，原因是前面说的麻木。

只记得，咖啡馆的老板经常把一些有头有脸的人引到我面前，我不得不成为对方莫名其妙的人，我们就这么莫名其妙地讲着莫名其妙的话。那一刻，总觉人生的荒诞时光的确太多了，只是卡夫卡不多。

老板还给我介绍过董岚。当时我们正在招志愿者，她在另外一个故居做，我便成功地策反了她，又鼓励她做一个读书会。这个叫"博悦"的读书会最初就在玛赫咖啡馆活动起来了。他们用一年的时间，按照陈思和老师《现当代文学十五讲》提供的线索，把里面的十几部书都读了，让陈老师都很惊讶。接着又确定了很多阅读专题，单单巴金的，就读过《随想录》《寒夜》《憩园》，等等。我偶尔也参加他们的活动，结识很多来自各行各业的朋友，大家在一起，东南西北聊得也算愉快。有一年，沈从文的儿子沈龙朱先生莅沪，已经很晚了，我邀请他来跟读书会的朋友见面，他兴致勃勃地讲了不少父亲的事情。他也很惊讶居然有一群人，不是为了做论文而认认真真地在读沈先生的书。

有一段时间，在作协领导的鼓励下，我还在这里搞过文学下午茶的活动，记得请过丰一吟、陈丹燕等老师。丰老太太已经八十多了，居然用手机，嗓门洪亮，为人爽快，与读者的互动也不亦乐乎。这个"下午茶"让不少读者想念，不时来问下一次是什么时候，后来我瞎忙，加上革命也不是喝茶吃饭，就不了了之。

还有一件事情，说不定哪一年会被急于自我经典化的人写进文学史？有一年年末（去问张燕玲老师具体时间吧，反正是从前，Once upon a time），在张燕玲老师、敬泽同志的支持下，上海作协搞了个青年批评家论坛。轰隆隆，来了一批青年才俊，黄浦江都要起波澜了。玛赫咖啡不是会间的休息地，而是某场讨论的讨论地，在这么乱糟糟的环境里，七扭八歪地开如此庄严的会，有点 17、18 世纪的巴黎味道？那次会中有个专场，是讨论梁鸿《中国在梁庄》的，那时候梁鸿还不是梁大师，身边没有那么多胡乱恭维她的人，"非虚构"好像还是个带泥的红薯，而不是炙手可热的烤人参，大家也就噼里啪啦地折磨梁鸿或是毫不吝惜地满足她的虚荣心。这是梁鸿的处女研讨吗？我不知道，你们还是去问具有远见卓识的张燕玲吧。反正，"非虚构"大行其道之后，我又觉得这一切都"纯属虚构"。

玛赫的音响不好，西餐也一般，四周的书和墙上的小画还不错——仗着是老板的熟人，我给它贡献不知多少不合理化建议和苛刻的批评。记得为了搞好活动，老板，还有另外一位朋友，为了音响、电脑、投影在头一天满头大汗在改进。这么多年来，我十分感激那些朋友对我的宽容，做我这么一个人的朋友真是不容易，得"久经考验"。还要抱歉的是，可能因为年末经费紧张（不要问我钱的事儿，我从来都说不清楚），给来宾们住的地方很差，幸好，文学让他们头脑发烧，他们都不太在乎；幸好，敬泽同志也能够与人民群众打成一片。总之，在玛赫别有小味的西餐中，该会胜利闭幕。

后来，经常有人向我提起这次会，而且大肆表扬我们领导。时过境迁，当面表扬我毫不奇怪（人和人之间，无话可说的时候，只有剩下相互表扬，就像夫妻间过分无聊，就不断地说：我爱你），表扬我的领导，我可真有点儿骄傲了，便也很动情地说：当然，当然，他对文学是真爱。

4

玛赫咖啡不是个神奇的地方，却是个奇怪的地方，因为，总能在这里遇到奇奇怪怪的人。我还想说：这里的老板就是个怪人。

也怪了，我到外地，很多人谈到上海作协，经常会问，你们那个咖啡馆老板娘还好吧？

我还听说，某某大咖出入玛赫，纯粹就是为了老板娘。

这时，我总是首先更正：她不是老板娘，也不是老板他娘，而就是老板。

姿色不浅啊。我经常这么讽刺她。我还经常讽刺她的是，离作家协会太近，脑袋被文学污染过了。好端端的生意不用心去做，天天梦想当作家。岂不知，作家早已是现在社会上的穷破落户。她说：商场尔虞我诈，实在讨厌。我想对她说，文坛有时也钩心斗角，就为一块没肉的骨头……。

我觉得这个人还很拧巴，咖啡店的名字就是例证：招牌上挂的是 La Mer，英语不是英语的，法语不是法语的，经常有人站在牌子底下问：哪个咖啡店？你不会写中文吗？她却说，玩了个文字游戏，这是法语少了一个副词，读起来有点像"妈妈"又有点像"苦咖啡"的发音，而本意却是大海，有首歌，欧洲人都会唱，就是这个"大海"。我跟人家谈事情，正烦的时候，她会兴致勃勃地跟我说：我想写一个什么什么小说……我赶紧一顿瓢泼，想用一场冰雹，让她熄火。然而，她总是唠叨不已，关于文学的。据说我念过书的学校有基因鉴定中心，我想介绍她去查一查，是不是祥林嫂的亲戚。后来想，她既然认为自己是文君在世、易安附体，做一点儿翻译也不错嘛。她俄语很好，而且一直与俄罗斯人保持联系，不仅通书面语，大量活的语汇也懂。结果，她很不高兴，仿佛我是在贬低她的才华，她认为翻译是替别人换洗衣服，而她要做自己的衣服。好吧，好吧。

可能，她做什么事情都是这样，充满着一往无前的热情。对人也是，我经常告诫她：人家上海人不像我们傻乎乎的，文明人士都是矜持的……她不以为然，依然故我。有一年圣诞节，有一位朋友南下，我本来要请她吃饭，可是玛赫老板大姐同志，偏偏要到她那里去吃圣诞"大餐"，不吃不行，看样子接下来许文强就要来绑票了。我只好痛苦地接受这个邀请，我知道这是她一贯的热情，而绝不是要巴结我这位朋友，但老板的热情之火实在烤人。她就是这样，见了谁都像前生知己似的，四海之内皆兄弟。可惜，现在早已不是宋公明的时代，林冲李逵众英雄豪杰都在电视剧里，遍街碰到的都是牛二，文雅一点儿也不过是白衣秀才王伦。

尽管我奋力打击，并不影响她的冉冉升起，因为后来遇到好多人，偶然间说到"作协咖啡馆"（很多人都是这么叫的）时，大家都会说：那里的老板娘，就是个作家。

对不起，她是老板。

我又得更正，真烦。

5

一个人的自我认定和社会派给他的角色常常是矛盾的。比如，她更愿意认定自己是个作家，而不是商人；

别人认为她是老板娘，而我非要说是老板。还有，我总觉得自己适合做个宅男，却偏偏总要东跑西奔。更无奈在于，我们都无法逃脱自己的社会角色，并且，还不断努力让自己更加人模狗样——当然，别人又可以把你想象得猪头狗脸。

《查令十字街84号》中的书店店员们对海莲·汉芙的想象也是错位的："我们都好喜欢读您的来信，大伙儿也常凑在一起揣摩您的模样儿。我坚信您一定是一位年轻、有教养且打扮时髦的人；而老马丁先生竟无视您流露出来的绝顶幽默，硬要把您想成一个学究型的人。"（第15页）海莲苦笑着回答：

真是让老马丁先生大失所望了，请转告他：我非但一丁点儿学问都没有，连大学也没上过哩！我只不过碰巧喜欢看书罢了。……至于我的长相，大概就跟百老汇街上的叫化子一样"时髦"吧！我成天穿着破了洞的毛衣跟长毛裤，因为住的老公寓白天不供应暖气。整幢五层楼的其他住户早上九点出门，不到晚上六点不回来，房东认为她犯不着为了一个窝在家里摇笔杆的小作家，而整天开着暖气。（第17页）

就是一个收入不稳定的小作家嘛，连去伦敦的钱都攒不够。然而，一个正常的社会不会拿钱的数额去评价人生的成功与否，一个人的精神境界也跟他的社会角色未必必然相关，看看这个破落作家对书的要求，就知道她的修养和品位：

斯蒂文森的书真是漂亮！把它放进我用水果箱权充的书架里，实在太委屈它。我捧着它，生怕污损它那细致的皮装封面和米黄色的厚实内页。看惯了那些用惨白纸张和硬纸板大量印制的美国书，我简直不晓得一本书竟也能这么迷人，光抚摸着就教人打心里头舒服。（第4页）

拥有这样的书，竟让我油然而生莫名的罪恶感。它那光可鉴人的皮装封面，古雅的烫金书名，秀丽的印刷铅字，它实在应该置身于英国乡间的一幢木造宅邸；由一位优雅的老绅士坐在炉火前的皮质摇椅里，慢条斯理地轻轻展读……而不该委身在一间寒酸破公寓里，让我坐在蹩脚旧沙发上翻阅。（第24页）

她竟然会这么看待书的价值："我打心里头认为这实在是一桩挺不划算的圣诞礼物交换。我寄给你们的东西，你们顶多一个星期就吃光抹净，根本休想指望还能留着过年；而你们送给我的礼物（书），却能和我朝夕相处，至死方休；我甚至还能将它遗爱人间而含笑以终。"（第75页）这真是傻得热气腾腾啊，这种老派的人越来越少了吧？当代社会首先破坏了我们的审美，接着让美学成为大学教授的课堂理论，而在海莲·汉芙和她之前的世界里，美就在我们的日常生活里，像空气、清风一样，与我们的心灵朝夕相对。

她也感觉到那个光怪陆离的世界越来越不属于自己。1958年，她平静而又沉痛地写道：

我一路活来，眼看着英语一点一滴被摧残践踏却又无力可回天。就像米尼弗·奇维一样，余生也晚。而我也只能学他"干咳两声，自叹一句：奈何老天作弄"，然后继续借酒浇愁。（第91—92页）

不知道为什么，我被这几句话深深打动了。我承认，我不曾历尽沧桑，然而，我却常常非常失望，常有跟她一样的感觉。单就这几句话，不知道她有多老，掐指一算，她那年，不过四十三岁，几乎跟我现在同岁。是什么，让我们那么早就在说"奈何老天作弄"？我没有时间去细想，依旧火三火四地瞎忙活。这两年，因为来巨鹿路时间少了，去玛赫的次数也不多，直到听到它结束的消息。

海莲·汉芙的书，并未让书店起死回生。玛赫咖啡，更不能与查令十字街的书店相比，对于巨鹿路677号来讲，做个玛赫，还是河马都不重要，而对于这个城市而言，人来人往，一座座高楼起，更是什么都难以留下一丝印痕。多少年后，很少有人能记得在玛赫咖啡中发生的一切吧？然而有一幕我却忘不掉：2012年8月3日早晨，上海在预报中的台风里，我接到爷爷去世的噩耗。仿佛命中注定，多少年前，是爷爷教我认识了第一个字，而那天早晨，我先去领了女儿的小学入学通知书，接着就匆匆奔向机场。天空飘着阴云，雨滴也不时打下来，我不知道飞机能否起飞，然而，我别无选择义无反顾。车在南浦大桥上的时候，我回头望了一眼这个城市，前一夜读过的诗有几句还留有印象：

什么也不要问我。我看到当事物
寻找脉搏而找到的却是自己的空虚。
在无人的空中有一种空洞的痛苦
而我眼中的娃娃穿着衣裳却没有躯体！

这是洛尔卡的《一九一〇》，收在他的诗集《诗人在纽约》（赵振江译，上海译文出版社2012年3月版），两本洛尔卡诗集是当年 3 月 30 日在陕西南路季风书园买的，一直放在我的枕边，断断续续翻读着，直到爷爷去世的前夜。而爷爷去世后，我再也不想看它了，直到前两天，又重读了这首诗。

那天，一路上我差不多都是沉默的。车在大桥上，我能够感觉到风吹得它有些晃动。开车送我去机场的就是玛赫的老板，因为台风，我找不到车，我只好求助于她。在这个城市里，我貌似朋友不少，然而，在那一刻，能让我打出这个电话的并不多。自然，因为她无所顾忌地一贯热情，当然，有时候，我很不喜欢这种热情。

2016 年 10 月 5 日零点 22 分

羁旅之中的赏心乐事

——读戴望舒《巴黎的书摊》

我战战兢兢地问："小古堂还在吗?"听到确切回答后,才一块石头落地。这些年,不知多少书店阵亡,旧书店更是最先倒下,或者都到"孔夫子"隐居了。可是,我还是喜欢摸到书的那种实在的感觉,就连书店里的那种特有的霉味,对我都有特殊的功效。

老同学提醒我外面下雨了,我心想正在书店里,不怕。书店是另外一个世界,一个个遥远的人因为书都成了我的亲朋好友。这本《戴望舒文录》(程步奎编,香港三联书店 1987 年 11 月版)二十多年前就是旧交了。当时,沈阳北方图书城刚刚开业,在一个狂风呼啸的冬日里,我们第一次结交。我非常喜欢这本薄薄的小书,选的文章都是我喜欢看的,纸张也不错,印刷很清秀。中国青年出版社后来出的《戴望舒全集》傻大黑粗,总不像诗人的书,我好久都没有买,后来写文章要用书才不得不买一套,每次远远望见它,心里都堵得慌。这本文录就不一样了,随时都想翻开读上两页。编者程步奎,即郑培凯先生。有一年开会,我与他邻座,真想表达一下对他编这本书的敬意，因为与郑先生不熟悉，怕太唐突，话到嘴边又咽下去了。想不到，这次在广州，又意外邂逅。以往，我们错过了多少好姑娘啊，今生再也不能错过一本好书（有朋友说，这两者毫无逻辑联系啊，是吗？你要这么想，就是真的不懂书啊），尽管家里已有一本，吃着锅里望着盆里，还是不想放跑这一本。

戴望舒是懂（买）书的人，他在《巴黎的书摊》中说：

> 到了这个时候，巴黎左岸书摊的气运已经尽了，你的腿也走乏了，你的眼睛也看倦了，如果你袋中尚有余钱，你便可以到圣日尔曼大街口的小咖啡店里去坐一会儿，喝一杯儿热热的浓浓的咖啡，然后把你沿路的收获打开来，预先摩婆一遍，否则如果你已倾了囊，那么你就走上须理桥去，倚着桥栏，俯看那满载着古愁并饱和着圣母祠的钟声的，赛纳河的悠悠的流水，然后在华灯初上之中，闲步缓缓归去，倒也是一个经济而又有诗情的办法。

我在小古堂买好书，疲惫又兴冲冲地找了家奶茶店，选了靠窗的位置坐下，一边看着下班的人们大街上来来往往，一边把自己的收获打开，先摩挲一遍，再选得意的书读上一段。这次读的就是文录里的《巴黎的书摊》。戴望舒说的事情，我都有相同的感受。他说：在滞留巴黎时，羁旅中可算赏心乐事有看画和访书两件。"在索居无聊的下午或傍晚，我总是出去，把我迟迟的时间消磨在各画廊中和河沿上的书摊。"所谓"访书"，不过是"在河沿上走走或在街头巷尾的各旧书铺进出而

程步奎編

戴望舒文錄

我喜欢戴望舒的著译，但是没有好好读过它们，以后当努力补课。

已。我没有要觅什么奇书孤本的蓄心……无非为了自己的癖好，就是摩挲观赏一回空手而返，私心也是很满足的，况且薄暮的赛纳河又是这样地窈窕多姿!"的确如此，穷学生进不了什么奢华场所，逛逛书摊，倒是精神百倍。也是学生时代养成的习惯吧，走到哪里，我也喜欢逛逛书店，尤其是在那些陌生的、擦肩而过的城市，熙熙攘攘的人群中站一会儿会觉得很茫然，把时光消磨在书店里，心里最熨帖。

看了戴望舒的文章，我更怀念那些小书摊。——记得我在文章里，怀念过大连天津街夜市的书摊。什么文庙啊潘家园啊，那种书摊太壮观太热闹了，乱哄哄地走进去就头大，我不喜欢。再加上守着一堆破烂货还以为奇货可居眼睛骨碌骨碌转的书贩子，足以当得起"讨厌"二字。我喜欢那些散落在街头巷角、清清寂寂的小书摊。不经意中相遇，本身就是惊喜。这个时候，俯下身来，挑两本书，摆摊的人也不理你，他要么拎着个大水杯在喝茶，要么拿着个半导体在听，当然，自顾自地在看书就更可爱了。选好了书，付了账，不多言语。有时候，彼此唉唉呀呀叹息一声，没有实质内容，又像是心照不宣，从此相忘于江湖。春风秋阳中，我晃晃悠悠地走开，走出好远，耳畔觉得仍有绵长的箫声。这样的小书摊，我做学生时，偶尔还能遇上，后来在广州海珠桥头、成都的正通顺街附近碰到，已惊为奇遇了。赵清阁曾写过抗战胜利后，她在重庆街头摆摊卖书物换旅费的事情，郭沫若还是田汉曾光顾。现在若还有人摆摊街头，恐怕是第二天要到城管那里捞人吧？当今的城市主导者致力规划，恨不得把城市规划成盆景，而少自然。他们更喜欢把什么都弄到一起建什么广场什么城，每次走进这种地方，我都晕头转向，觉得本来我是个瘪三这回更渺小成"瘪六"了。这种城市是治理人不是养人，不是杂草丛生而是修剪整齐缺生气缺人气，难以给人归属感。在这样的城市里，出趟门像打仗，哪里有戴诗人逛书摊那种悠闲和诗情，难怪有人宁愿宅在家里。

谈到逛书摊，戴望舒这几句话算是得了真经："跑跑旧书摊的人，第一不要抱什么一定的目的，第二要有闲暇有耐心，翻得有劲儿便多翻翻，翻倦了便看看街头熙来攘往的行人，看看旁边赛纳河静静的逝水，否则跑得腿酸汗流，眼花神倦，还是一场没结果回去。"凡事都是如此，目的性太强反而失去本心丢了乐趣，网上买书倒是方便，大多都是有目的的搜索，直奔目标，缺了"逛"的趣味。逛书店的趣味正在于无目的的偶遇，当然，有闲暇有耐心是必不可少的条件，特别是逛旧书店，全靠翻检功夫，急三火四的，猪八戒吞人参果，风味尽失。为此，我不愿意让人陪着逛书摊，总顾忌别人的时间被我浪费，哪里还有心情慢悠悠看书。最心底的事情，别人哪里会懂，知己（什么红颜的黄颜的），哼哼，哪里有。很多隐秘的快乐，只有自己独享才是快乐的顶峰。偏偏有热情的朋友，尤其是我们北方的，觉得你来了不二十四小时陪着你不足以显示热情，其实，热情有时候也是沉重的负担。好么，我要逛书店，他也要跟着，有一次我好说歹说，说要去会老相好的了，才把这位老兄甩掉。呜呼。

戴望舒是个会写文章的人。什么叫会写文章？好比说话，有的人絮絮叨叨，手舞足蹈，激动万分，他自己感动得鼻涕一把泪一把，你完全不知所云。而有的人，细声慢语，一字一板，看似风轻云淡，实则波涛汹涌；看似漫不经心，实则步步惊心；看似东拉西扯，实则谈笑风生……戴望舒写逛书摊，顺手几笔就把形形色色的卖书人写活了。"老板娘是一个四五十岁的老婆娘，当我有一回逗留了一下的时候，她就把我当做好主顾而怂恿我买，使我留下极坏的印象，以后就敬而远之了。""一个摊子是一个老年人摆的，并不是他的书特别比别人丰富，却是他为人特别和气，和他交易，成功的回数居多。""……人很圆滑，自言和各书店很熟，可以弄得到价廉物美的后门货。""可是那位老板娘讨价却实在太狠，定价十五法郎的书总要讨你十二三个法郎，而且又往往要自以为在行，凡是她心目中的现代大作家，如摩里向克、摩洛阿、Ayme 等，就要敲你一笔竹杠，一点也不肯让价……"这些卖书人，常买书的人都遇到过吧？在这里，顶讨厌的就是那些自以为在行的老板，特别是又喜欢向顾客炫耀点什么、推荐一点什么的店主，我宁愿拂袖而去也不愿意听他那些生意经。我就是一个买书的，一手交钱一手交货，我们不是可以聊书的朋友，这个界限，我从来分明。而且到某个店，从不打听店老板是谁，更不想见他。我认为，人与人之间关系越简单越好，到了书店，彼此就是买卖关系嘛。

啊，不知道塞纳河畔的旧书摊现在是什么样子。我不能梦想黄浦江畔也能有些书摊——有人说，我们书店又增加多少家，我说那是咖啡店吧？——报载滨江沿线又拓宽了多少多少里，那是给人跑马拉松的吧？人有肌肉了，就不需要心灵和头脑。还是拿戴望舒文字望梅止渴吧。

至于右岸的呢……只在走完了左岸的书摊尚有余兴的时候或从卢佛尔（Louvre）出来的时候，我才顺便去走走，虽然间有所获，如查拉的 L'homme approximatif 或卢梭（Henri Rousseau）的画集，但这是极其偶然的事；通常，我不是空手而归，便是被那街上的鱼虫花鸟店所吸引了过去。所以，原意去"访书"而结果买了一头红头雀回来，也是有过的事。

咱们是两岸都没得书摊逛，不过，我访书，少有未空手而归的时候。

2018 年 6 月 20 日下午用手机写于飞机上

人已经不看天空了

——米兰·昆德拉《相遇》阅读札记

1

元旦假期，为了查一查"相遇"这个词背后的故事，我与米兰·昆德拉《相遇》（尉迟秀译，上海译文出版社，2012年11月版）重逢。

书架中放昆德拉作品集的地方没有找到《相遇》，大约被我拿到单位去了？我在另外一个书架找到小开本的《相遇》。这是上海译文出版社一套外国文学作品精选集中的一种，平装，带护封的小开本。出了多少种不知道，反正，那时候，上下班都经过季风书园，这书新出一种，只要喜欢我都买了下来。没有几年，书架里就有半个格了。

我得承认，对昆德拉多少有些偏爱，不是他的小说（小说也不讨厌），而是他的讨论小说艺术的随笔。在一篇回忆读书的文章里，我曾说过，当年学习写评论的时候，昆德拉的《小说的艺术》《被背叛的遗嘱》是"手把手"教我的老师。我的那半瓶醋，不是来自课堂、文学理论、教授，恰恰来自昆德拉这样的作家。《巨人传》

本来是睡在古典佛龛里的旧书，让他一讲，神气活现地复活了。他关于欧洲小说的很多观点和认识教导了我，培育了我对小说的基本认识。后来，他的随笔集渐渐都有了中译本，我全都认真读过，常常不是一两遍……

昆德拉的文字，吸引我的，不是告诉我答案，而是启发我思考。他的文章不是教师爷的教训，而是小说家的创作，它带我们去探索文本的世界，思考身处的境遇。告诉你答案的文章，那是"产品"说明书；带你去体验的文章，则会营造内心的风景，发现"美丽新世界"。我读了很多书，都是在读说明书：先是综述古今中外，对这个话题的研究成果；再是提出一个或几个观点、论证，告诉一个你"不得不信、不能不信"的结论。旁征博引，学富五车，看完了，也就是噢、呦、哦，就这样啊。很少有哇、呀、哈哈，竟然可以这样……的痛快感，醒悟感。

那种"学术化"的啰里啰唆形同废话的一套，在昆德拉这里都不存在。他更擅长出其不意，一炮打响。比如，他冒出这么一个问题来：为什么伟大的小说里那些主人公都没有孩子？——这是只有小说家才能撩起想象的胡须，教授们不会理这根胡子，还会拿剃须刀给剃掉。

昆德拉的魅力还在于，他启发了你又让你忘掉他。我读再多遍昆德拉，也难背出他的哪一句话。书都白读了吗？不是，它们早都融化了，融进我的血液中。——那些读一句，击节赞叹一句，接着背下来一句的读书（或读法），终究只是证明，你是一个好的复读机而已。阅读对象，终究还是你的他者，你对他不过敬而远之。只有觉得的，啊，他讲的都是我要讲的，我要讲的还有很多他没讲……这本书才是真正的无话不谈的朋友。

相 遇

米兰·昆德拉 著

UNE RENCONTRE

Milan Kundera

尉迟秀 译

上海译文出版社

昆德拉的一些随笔，我时常翻读，主要觉得谈问题不
拘泥，"透亮"。

2

人情练达亦文章，不错，读《相遇》，与其说在读艺术概论，不如说读昆德拉的人生经验和洞见。我能体会到生活的河流中水凉水暖，艺术的微妙。昆德拉敏锐的个人体验，常常能触动我抚卷沉思，比如，这个关于月亮和天空的疑问：

奇怪的是，我和几个马提尼克人聊过这件事，我发现这些人都不知道月亮在天空中的具体样貌。我问了欧洲人，你们记不记得欧洲的月亮？它来的时候是什么形状？离开的时候又是什么样子？他们不知道。人已经不看天空了。（《相遇》第105—106页）

昆德拉的提问是他整体论述的一部分，不是一个孤立的、表面的问题。然而，我的阅读和理解完全可以忽略这种完整性，而只是从这个具体的问题出发，它唤起我很多现实的感受和联想。我们都记得某一个特殊时刻月亮的形状吗，我们多久没有认真看过天空？如果我们对它们如此熟视无睹，那么，我们平常都看了什么、做了什么？我们一定认为比这"闲情逸致"甚至无聊地"看"有着更多有价值、有意义的事情吧。关键是，它们的意义和价值是社会、他人赋予的，还是你自己感受并确认过的？——很多时候，我并没有眨一下眼睛就接受了很多价值和意义，完后随波逐流走入滚滚人流，无知无觉地开始了自己狼奔豕突的生活。向来如此，别人如此，不如此又有什么办法呢……我们给自己准备了一万条理由。于是，就错过了人生中一个个月亮，一次次天空。

其实，那也不过是推开门，抬起头的事情，哪有那么难呢，是你"不看"啊。不看，不影响货币收入，不影响地位升迁，却有可能让人生空白。你仿佛经历了很多，可惜，它们都没有转换成你的体验、记忆、感动。你不在天空下，不在月光里，一个个日子都是黑暗的深渊，什么也没看见，什么也没有记起，忙忙活活地，白活了。

我们很容易成为这样的可怜虫，一年又一年，一年过去了。开始了，很快也会再过去……

3

一本好书，它是开放的，哪怕谈一个问题，它也会让人读出一连串的问题。《相遇》中有一节，讲到某些学者和传记学家，昆德拉批评在某些人那里作品本身被打入冷宫："在这个年代，艺术已经失去了吸引力，教授和行家们不再管那些画作和书本了，他们只管做出这些作品的人，还有他们的人生。"（《相遇》第153页）他们关心的"人生"又是什么呢？昆德拉举了一个具体的例子：

我打开这本以贝尔托·布莱希特为主题的八百页巨著。作者是马里兰州立大学比较文学系的教授，他巨细靡遗地论证了布莱希特灵魂的卑劣之处（掩饰自己的同性恋、色情狂、剽窃自己情妇们的剧作、赞同希特勒说谎成性、冷酷无情），之后，终于来到他的肉体（第四十五章），来到他非常严重的体臭，作者为此写了整段。为了确认这则嗅觉发现的科学性，作者在这一章的第四十三个注释里指出，他"这个细致的描述来自薇拉·滕舍特，当年柏林人剧团的摄影主任"，她在"一九八五年六月五日"告诉他这件事（也就是在这个发臭的人入殓三十年之后）。

啊，贝尔托，你还剩下什么？

你的体臭，被你忠诚的合作伙伴保存了三十年，然后由一位学者接手，以大学实验室的现代方法强化之后，将它送往我们未来的千禧年。（《相遇》第154页）

昆德拉仿佛长着千里眼，当年就看到了今天的微信、网文中的一些老鼠屎。今天不是遍地这种文章吗，徐志摩丢了张幼仪找了陆小曼良心哪里去，什么沈从文与张兆和过得幸不幸福，什么傅雷脾气有多大、家暴有多猛……这些事情说得有鼻子有眼儿，就像布莱希特的体臭。仿佛不尽出于捏造，而都是有根有据。但是，有精神头儿你怎么不好好去读一读徐志摩的诗，沈从文的小说，傅雷的译作……要知道，他们是作家、翻译家，他们最大的贡献和一生的心血都是那些文字，而不是段子、八卦、绯闻、传奇！

我知道，一个娱乐化的时代，什么都要编故事。有的采访，问到作家写作品，经常问我：他在写作过程中有什么有意思的故事呀？写作能有什么故事，就是一个格子一个格子填字儿，你以为什么都是表演系的啊？写作不需要表演。文字，不需要粘贴狗皮膏药，它自身就会有足够的威力，而且经久不衰。

4

1970年代初，苏联占领捷克时，昆德拉夫妇在看病时遇到一位记者，回去的路上，他们就作家赫拉巴尔发生了争执。记者先生愤怒地咒骂："他怎么可以在他的同行被禁止发表作品的时候，还让别人出版他的书？他怎么可以用这种方式替政府背书？连一句抗议的话都不说？他的所作所为令人厌恶，赫拉巴尔是个通敌分子。"（《相遇》第114—115页）昆德拉同样地愤怒回应："赫拉巴尔作品的精神、幽默、想象，都和统治者的心态背道而驰（他们想把我们窒死在精神病人的束缚衣里），说他通敌，这是多么荒谬的事？读得到赫拉巴尔的世界和听不到他的声音的世界，是截然不同的。只要有一本赫拉巴尔的书，对于人们，对于人们的精神自由，它的效用大过我们抗议的行动和声明！"（《相遇》第115页）

讨论成了充满恨意的争吵，多年后，昆德拉还惊讶，何以有这样充满恨意的分歧。他的看法是：

我们在医生那儿的投缘是一时的，缘自特殊的历史情境将我们都变成被迫害者。相反地，我们的分歧是根本的，是独立于情境之外的，这种分歧存在于两种人之间——认为政治斗争高于具体生命、艺术、思想的人和认为政治的意义在于为具体生命、艺术、思想服务的人，这两种态度或许都合情合理，但是谁也没办法跟对方和解。（《相遇》第115页）

读到这里，我更惊讶，昆德拉简直是预言家。在刚刚过去的一年里，我的朋友们不是在车里、饭桌上，而是在微信群里，吵成什么样子?! 自己经历过的事情吵，没有经历过的也吵。"撕裂"，已是不争的事实，然而，这真是信仰之争吗？更不要说，网络上那么多以政治正确为基准的暴力文字。这个时候读到昆德拉对于"具体生命、艺术、思想"维护的文字，我不光是感慨，而是别有一番滋味。

昆德拉接下来提醒我们："在清算的年代，最痛苦的伤口是绝交的伤口，而且，没有比为了政治而牺牲友谊更愚蠢的事了。"（《相遇》第116页）可是，人类什么时候又战胜过愚蠢呢？那么，昆德拉如此没有"立场"的话便更不会为人所接受了：

在我们的时代，人们学会让友谊屈从于所谓的信念。甚至因为道德上的正确性而感到自豪。事实上，必须非常成熟才能理解，我们所捍卫的主张只是我们比较喜欢的假设，它必然是不完美的，多半是过渡性的，只有非常狭隘的人才会把它当成某种确信之事或真理。对某个朋友的忠诚和对某种信念的幼稚忠诚相反，前者是种美德，或许是唯一的、最后的美德。

我看着法国诗人勒内·夏尔走在德国哲学家海德格尔旁边的照片。一个是以参加对抗德国占领的抵抗运动受到赞扬，另一个则是因为曾在生命的某个时刻对初生的纳粹主义表示认同而受到诋毁。照片拍摄的日期是在战后。我们看到的是他们的背影，他们头上都戴着帽子，一个高，一个矮，走在大自然里。我非常喜欢这张照片。（《相遇》第118页）

人是具体的，不是抽象的。为观念绑架，使人抽空成一个符号、工具或武器，这是昆德拉和所有真正的作家本能上不能接受的。那么，不把人当人的"友谊"，还能持续下去吗？我看算了吧。

5

具体的人也会暧昧不清，把自我消融，自愿或不知不觉成为社会零件。在某种引导或诱导下，人容易成为非人，这是文学和昆德拉们的当代意义，他们早已向我们发出预警。

我们得看月亮，看星星，记得天空的模样，这是现实的情境，而"我"只有在这样的情境中才能被确认，才能自我确认。否则，我们就是报告中的数据统计，是新闻里看不清的面孔，是政治家嘴里的温暖对象。

那久违的月亮呢？不同的时候，它的确有不一样的面孔。1月2日午后，我匆匆去了一趟嘉兴，晚上返回来的时候，公路两旁灯火辉煌，路灯如惺忪睡眼，前方幽暗的天空却挂着一盏昏黄的灯笼，很大，下半截不圆。车子疾驰，感觉这盏灯还随风轻轻地摇动。我不敢确认，问同车的人，这是月亮？她确认，也说，这个月亮是有点儿怪。

我记得去年最后一个夜晚，回家时，看过天上的月亮很圆很亮，十分皎洁，几天后，它竟然变得这么大，如此朦胧。

我的背包中带着昆德拉的《相遇》，我想起昆德拉关于月亮的那段话。我得记住了，记住它的样子、形状，以及生命中不同的时刻。它们值得记住，比那些网上自以为是的争吵更有价值。

新的一年，我删了很多微信群，还会接着删，我才没有心情听那些聒噪的话语。宁愿，一个人，推开露台的门，好好看看月亮，看看浩瀚的天空。这个时候，如果人太多了，那就太吵了。

2020年1月4日夜，1月15日夜改于上海

再读一遍王国维纪念碑碑铭

夜已深，床上举着分量不轻的《张宗和日记》第一卷（1930—1936，浙江大学出版社 2018 年 8 月版）闲翻，看到有一条："下课去王静安纪念碑看看。"（第 234 页）这是他 1932 年 9 月 21 日的日记。张宗和，何许人也？也许好多人不知道，但是只要我说他三姐是张兆和、四姐是张充和……就不用再啰唆了吧。入清华大学历史系读书，报到后两周、开学典礼后一周，他特意去看了王国维的纪念碑，对，就是陈寅恪撰文的那一个。

早晨醒来，见有人说，今天是陈寅恪先生诞辰 130 周年纪念日。我的思绪还盘旋在夜里读书的那些事上，张宗和日记里还有听陈寅恪讲课的记录："陈寅恪讲书真不错，讲得很动听，他现在正在讲《长恨歌》。礼拜五的日文我一定不去了，我去听《长恨歌》……"（1935 年 9 月 30 日，《张宗和日记》第 1 卷第 433 页）"最后一堂还是听陈寅恪的，刘、元、白，非常精彩，可以拍手。"（1936 年 6 月 12 日，同前，第 523 页）我猜想，未必是陈寅恪的演讲技术高让青年学子拍手称快，而是真正有学问，学问征服了人。不是有一句话"腹有诗书气自华"吗，肚子里有没有，真有还是假有，还是不一样。

思想的火车轰隆轰跑到十五六年前，我和一位朋友去清华大学也曾寻找过这块王国维纪念碑。我们两人进了大门，一直走到图书馆，发现有些不对，又往回折返，一路上开始打听，问学生（清华的学生啊，想一想我读书时代多么羡慕和跪拜），问老师样的或退休老师样的，问保安……什么王国维啊，王静安；什么陈寅"雀"啊，陈寅"克"，同行的老兄甚至要背"独立之精神，自由之思想"。再看看我们面对的人，都是一脸蒙相，随后便连连摇头，有的还以不解的眼神看着这两个找什么碑的神经病，不知道要干什么。我们在清华园里转啊转啊，感觉已在附近，就是找不到。后来，天要黑了，不知什么神灵附体，山穷水尽之后柳暗花明，找到了！绕碑三圈，礼毕，两个人大为感慨：这个学校不搞校史教育吗，这么有名的一块碑学生都不知道？——这又是书生的愚蠢，校史上一定有很多金字牌坊吧，大官人大商人才是人们追逐的对象，为什么要提给遗老修的碑呢，况且还"死因不明"。那时候，清华已经开始恢复文史科系，也是名师云集。我们又感慨：白搭，文脉断了。后来，我读到清华校友资中筠的一篇《哀清华》，才看到原来对之失望的不仅我们两个过路人，还有不少对它充满感情的校友呢。

我曾设想，倘若陈寅恪先生知道这些，他会作何感想？也许他们研究历史的人，见惯刀光剑影、世事浮沉、社会变化，习惯了人间无道是沧桑，早已见怪不怪，不会像我们这样大惊小怪了吧。如今，陈先生一百三十岁了，拿出他的文集重温碑铭，没感觉到那时九十多年前的文字，仿佛先生刚刚写罢，掷笔而叹，而纸上笔墨未干：

　　海宁王先生自沉后二年，清华研究院同人咸怀思不能自已。其弟子受先生之陶冶煦育者有年，尤思有以永其念。金曰：宜铭之贞珉，以昭示于无竟。因以刻石之词命寅恪，数辞不获已，谨举先生之志事，以普告天下后世。其词曰：士之读书治学，盖将以脱心志于俗谛之桎梏，真理因得以发扬。思想而不自由，毋宁死耳。斯古今仁圣所同殉之精义，夫岂庸鄙之敢望。先生以一死见其独立自由之意志，非所论于一人之恩怨、一姓之兴亡。呜呼！树兹石于讲舍，系哀思而不忘。表哲人之奇节，诉真宰之茫茫。来世不可知者也，先生之著述，或有时而不章。先生之学说，或有时而可商。惟此独立之精神，自由之思想，历千万祀，与天壤而同久，共三光而永光。（《清华大学王观堂先生纪念碑碑铭》，上海古籍版《金明馆丛稿二编》第 218 页）

　　我们现在被安排参加这样活动那样的学习，可能不是坏事，三天不学习，一身马粪味儿。可是，我们是否有另外一种学习呢，比如，中国欲做学问的人，除了专业学习外，大家还要有一个基本学习篇目，它是教导大家要有学者的操守、道德、伦理。而陈寅恪所撰的《清华大学王观堂先生纪念碑碑铭》应列必读篇目之中。"独立之精神，自由之思想"，这是一百年来中国学人的梦想，也应该是我们做学问的底线、自律的戒尺。对于"自由"，巴金先生还有另外一说：自由从来都不是别人赐予的，而是自己争取来的。我想这给等待"自由"从天而降的人，也是一瓢冷水。——所有这些都应当构成

《海宁王先生之碑铭》，陈寅恪撰文，林志钧书丹，收入《陈寅恪集》中时题为《清华大学王观堂先生纪念碑铭》，里面写的意思，中国知识分子应该都能读懂。

学者的基本修养，为大家共同尊奉。"来世不可知者也，先生之著述，或有时而不章。先生之学说，或有时而可商。惟此独立之精神，自由之思想，历千万祀，与天壤而同久，共三光而永光。"碑铭中最末的几句话，用在陈寅恪自己身上也是可以的吧，他十几卷的作品集我们可以不认真读，他作品中的这种精神，我们不能没有。

平时，我很喜欢翻翻陈先生书的，文学部分之外，历史部分的文章也会读一读。我倒不是为了学习历史，而且看看同样一个问题，他是怎么论述，他怎么使用材料，书里还有很多有趣的细节，和看小说一样有趣。（《柳如是别传》，不就是一部精彩的长篇小说吗？）所以，只要出了陈寅恪以及相关的书，我都会买来。在2001年北京三联书店推出《陈寅恪集》之后，今年出版界又迎来陈寅恪年。译林出版社打破惯例，以简体字排印出版《陈寅恪合集》，意在将其推向更广泛的普通读者中。前两个月，上海古籍出版社复刻的《陈寅恪文集》，把蒋天枢先生传承的师教发扬光大。他们的宣传稿上是这样写的：《陈寅恪文集》纪念版，均据原版影印、修复。正文部分，《寒柳堂集》《金明馆丛稿初编》《金明馆丛稿二编》《柳如是别传》在1982年重印时根据各方意见进行了修订，其中《金明馆丛稿二编》增补文章五篇。故此四种，据一版二次影印。其余几种，均据文集初印本影印。封面、内封、插页等，在上海古籍出版社的档案中完整保留了题签、封面纹样、图片等原始素材，美编据此修复制作。本着"修旧如旧"的原则，力求奉献给读者"原汁原味"的《陈寅恪文集》。

除了以上提到的三种多卷本文集之外，我在网上查到团结出版社还在推出"陈寅恪著作集"——有这么多出版社同时出版陈先生的著作，表明读者对他的推重和崇敬。尽管人们读他的书，感受会因人而异，然而，也并非完全没有共同点。而今的中国知识分子价值观念撕裂日益严重，很多事情上都吵吵闹闹难以达成共识，但是，不论什么派别的人总该认同陈寅恪提出的"独立之精神，自由之思想"。倘若这一点共识都达不成，那可真是把灵魂交给了魔鬼。

资中筠在一个演讲中说过这样一段话："后来阿登纳（Konrad Adenauer）在回忆录里说，德国人之所以曾经一度受法西斯的蒙蔽，追随希特拉，其中，有一个原因是德国人缺少个人主义，就是个人独立思考、维护个人的基本自由权利的意识不够，而被所谓的国家至上、大日耳曼民族主义所压倒。说白了就是缺少启蒙。"（资中筠：《启蒙与爱国》，《中国知识分子的困境》第 202 页，香港城市大学出版社 2020 年版）这段话，可以从另外一面提示我们，为什么我们要把"独立之精神，自由之思想"奉为精神的底线铭记在心。还有很多反面的例子会教育我们，如果缺了这样的原则，我们的知识分子、知识群体会是什么样子。还是资中筠，她曾发出这样的感慨："至于上述本该站在社会批判前沿的作家群体，在媒体上只见各种评奖、颁奖，颇为风光热闹，却很少听见为公共事务发言的声音，似乎不被认为是'公共知识分子'，这与其他国家，包括苏联和东欧，情况大不相同。"（资中筠：《杨绛先生仙逝感言》，《中国知识分子的困境》第 202 页）成为什么"分子"，或许并不重要，重要的是一个知识分子如果忙于沽名钓誉、追名逐利，丝毫不关心同类和身处的世界，丧失批判思想，丧失独立人格，还有什么颜面高谈学问、传承人文？

有人说，生活要有仪式感，对的。今天的仪式就是，趁着午休，我恭恭敬敬取出《金明馆丛稿二编》，把《清华大学王观堂先生纪念碑铭》和后面一篇《王静安先生遗书序》又认真地读了一遍。虽然没有寅恪先生醍醐灌顶的机会，但是，读他的文字，感觉也是在养气了，"历千万祀，与天壤而同久，共三光而永光"。

2020 年 7 月 3 日午后手机写，7 月 26 日夜改

下

书情回味

何必新桃换旧符

——2016 年的阅读点滴

1

当孔夫子感慨"逝者如斯夫，不舍昼夜"时，不知他是否想过截下一段拿在手里？当然，这事圣人做不到，不过，现代人不甘心，制造了很多"年度"什么，似乎觉得时间真的可以截下一段冷藏保鲜。于是每到年终，年度总结、评奖、排行榜聒噪之声不绝于耳，这是数字和概念的狂欢，不是我们的生活。我们的生活，无非寒暑交替、日出日落，不论怎样，也都是太阳照常升起。对于读书人而言，今年明年都是"寂寂寥寥扬子居，年年岁岁一床书"。我不追着时间读书，而宁愿逆着时光而行。说白了，就是不去追什么"新"，而甘愿其"旧"，何必新桃换旧符，读自己想读的书就是了。

2

丰子恺在《新年》中曾说："从无始到无终，时间浩荡地移行着，本无所谓快慢。但在人的感觉上，时间划分了段落似觉过得快些，同时感到爽快……"大约以人生为苦，总觉"快"才乐，而我则越来越贪图"慢"乐，慢着好细细品味，慢着好静静读书啊。

就以两大箱子五十卷的《丰子恺全集》（海豚出版社 2016 年 9 月版）而言，还不得有足够的时间才能逐一阅读？这是目前最为全面、系统的丰子恺著作的整理工程，全集分文学卷六卷、艺术理论和艺术杂著卷十二卷，书信日记两卷，美术卷二十九卷，附卷一卷。出版社组织专家，精心整理和仔细发掘，这份给读者的厚礼，也将刷新我们对丰子恺的认识，它将不再限于《缘缘堂随笔》《子恺漫画》《护生画集》。我曾感慨：丰先生死可瞑目。为什么？想一想他去世的年月，出版一本书都是奢望，而今能有这么一套装帧精美的大开本全集，不仅欣慰，而且惬意吧？

3

《丰子恺全集》是新书，但内容仍然是"旧"的，这些年，我一直在努力与"旧"打交道。"旧"并不光鲜，却踏实、沉重，不轻浮。2016 年，我读的更旧的书是但丁的《神曲》，这是一块难啃的硬骨头，为此，我找了几种中译本（朱维基、王维克、黄文捷、田德望、黄国彬）对照阅读，还买了《但丁与〈神曲〉》（［意］拉法埃莱·坎巴内拉著，李丙奎等译，商务印书馆 2016 年 1 月版）这样的书做参考。我以田德望的本子（名著名译插图本，人民文学出版社 2002 年 12 月版）做主读底本，常常参看黄国彬的译注（《神曲》三部，九歌出版社有限公司，2003 年 9 月初版，2014 年 9 月订正版 6 印），最近又买了王维克的《神曲》图文本（吉林出版集团有限责任公司，2015 年 3 月版）闲时读读多雷的图。就这样，随着诗人去各界、经历光明和黑暗。我读得很慢，一年下来，断断续续，《地狱篇》还没有读完——读那么快干什么呢？

4

在我的床边总有几本轻松自在的书，要是人读书总是啃骨头，不但牙会坏，脑子也会坏掉的。书之所以有魅力，首先在于有趣味。就像一个人，如果跟情人讲话，还等因奉此的，那就不只是大煞风景的问题了。好玩、有趣的书，常常是我的首选。今年买过几本浙江人民美术出版社出版的《艺文丛刊》中的几种，如《东坡题跋》《山谷题跋》《花庸月令》《猫苑·猫乘》，等等，最后一种还买了好几本，送给同样爱猫的朋友。这些书都是薄薄的小册子，印制得朴素大方，最适宜置于床头，夜深人静，读上一段。

如苏轼在《记董传论诗》一则中说：

> 故人董传善论诗，予尝云杜子美不免有凡语，"已知仙客意相亲，更觉良工心独苦"，岂非凡语耶？传笑曰："此君殆为君发。凡人用意深处，人罕能识，此所以为独苦，岂独画哉！"（第90页）

"用意深处，人罕能识"，"更觉良工心独苦"，这是创作者才能体会到的"苦"。反观我们的阅读，能否真正体会到作者的"用意深处"，做到"会心一笑"，也是需要认真检讨的。

当然，坡翁不会像教师爷板着面孔在大半夜里给你上课，他《书陶渊明饮酒诗后》一则就调皮得很，他说陶公的《饮酒诗》，"正饮酒中，不知缘何记得此许多事"。（第 47 页）哈哈。

5

2016 年比较惬意的书事还有《博尔赫斯全集》（上海译文出版社）第二辑出版，马尔克斯作品系列（南海出版公司）也圆满收官。这两位都是国人挂在口头上的作家，对这类作家，国人的毛病是宁愿出一百个他们最知名作品的译本，也不肯好好做一套全集。我并非有全集癖，然而，我确实收了很多作家的文集、全集，无他，只是爱一个人就得容纳他的全部，一知半解那等同是不负责任的"偷情"，这样，读书则非有全集这类人生"大全"不可。像马尔克斯，看了这套作品集中《蓝狗的眼睛》《梦中的欢乐葬礼和十二异乡故事》《礼拜二午睡时刻》等短篇小说集，你自然就会觉得，老马岂是只有一部《百年孤独》，这些短篇小说也可独步天下。他的回忆录《活着为了讲述》，不是有些人的那样，简直写成人生账本，而是写得很跳跃。我特意包上书皮，专留旅行中看。这一年，飞机上，火车里，它伴随着我走了几万里也不知道，旅途的晕乎乎中，也分不清老马这是写的回忆录，还是另外一种形式的小说。

博尔赫斯，好像正在被人淡忘，或者仅仅是我们这些文学中老年见了心跳的名字。其实，他的"功用"是多方面的。比如，他说："我那时候喜欢的是黄昏、荒郊和忧伤，而如今则向往清晨、市区和宁静。"装清纯、装文艺多好的句子啊，读读他的诗，可给现在有些少男少女们的木心综合征解毒。

6

一年里，买了读了、印象深刻的，自然不止这几种书，不过有的书读起来很沉重，像《科里马故事》（［俄］沙拉莫夫著，广西师大出版社2016年9月），而克里玛《我的疯狂世纪》（花城出版社2014、2016年版）也让人笑不起来，不谈也罢。倒是岁末读到博尔赫斯的一首《岁末》值得抄几句在这里："今夜的沉沉宁寂，/并让我们潜心等待/那必不可免的十二下钟声的敲击。/真正的原因/是对时光之谜的/普遍而朦胧的怀疑，/是面对一个奇迹的惊异：/尽管我们都是/赫拉克利特的河中的水滴，/我们的身上总保留有/某种静止不变的东西。"（林之木译，《布宜诺斯艾利斯激情》第31—32页）

作为一个弱小的水滴，在时间的巨浪中，能够守住"某种静止不变的东西"吗？我不知道。

2016年12月27日清晨于广州

有『海豚风』才清爽
管他东南风，西北风，

今年的上海书展其实在 16 日的晚上就悄悄开始了，海豚出版社的"鉴书会"，已经让我不禁问自己：还有必要去闹哄哄的展览中心吗？当夜，抱着那么多"美人"，只想早点回家，一夜销魂。

1. 傅杰：《前辈写真》等四卷

前些年，有人问我：傅杰是谁。

我答："孵蛋大学"中文系教授。

见他愣愣地，我就说：知道姜亮夫、王元化、郭在贻吗？他们是这么评价傅杰……

我发现，他还愣着。怎么你们家三代文盲，你跟我谈傅杰？

要知道，在傅杰面前，我们都是正宗文盲。

现在好了，有人再问傅杰是谁，我让他去买《文史刍议》《序跋荟萃》《书林扬尘》《前辈写真》，四卷书，五颜六色，极其炫目，让他先得色盲。

傅老师，傅大师，傅子，好久不出书，一出就来个

有一段时间，拿到"海豚"的书总是爱不释手、反复把玩。俱往矣，而今是风和日丽。

雄文四卷放光芒。

那天鉴书会，他根本不理会我们（一群文盲），自顾自地在看自己的宝书。我们说：一定又是在挑错字呢，不过这回该大家"刍议"他、给他扬点尘了。哼哼！

当夜，好不容易从傅老师手里讨一套。他不断地说：有带封套的，还有笔记本的，送哪个给你……我好不容易，死皮赖脸，讨来了。又一想，罪过罪过，是不是应该留着先让傅老师今夜回家搂搂抱抱亲热一下啊？

我倒是与他的书亲密了半夜。以我学前班的程度，自然先从《前辈写真》开始看，这里全是那些学术大咖的八卦嘛（提醒看看写朱季海、黄永年的），更何况，听人说，这里还有写朱维铮的《八卦碎片》。如果没有记错的话，就是这篇文章让《万象》停刊。不过，大半夜的，越看八卦，越精神、越严肃、越像学习枯燥的文件，回过头来看，人家书名叫"写真"，不叫"八卦"，一个"真"字的确写出前辈学人做人之真、学问之真，等于在教导我们学问是什么，甚至不动声色地点拨一下学问的门径。这么一看，一身冷汗，幸好，我不是学问中人，不然，得了忧郁症，面对千仞高山般的前辈，想跳个崖，爬都爬不上去。

2.《甘露六短篇》

有人问我甘露老师这六个短篇讲的是什么，真想难死宝宝。

如果，甘露老师写一篇小说，像《故事会》一样"从前""然后""结果"，那么简洁直白，那他还叫孙甘露啊？

如果，我读完他的小说，能立马知道它讲的是什么，那还叫孙甘露的小说啊？

笨办法常常是最有效的，干脆抄两段：

——这个故事刚刚发生不久，就在昨天。所以，现在我似乎不是在记叙这件神秘的往事，我的记述几乎是这件秘闻的一部分。我把这篇短小的作品献给一个女人，一个我所迷恋、热爱并且无望获得的女人。（停，停，进广告，进广告！——括号里是周立民加的。）

——"那么我看上去是比实际年龄大呢还是小？"

"两者吻合的人是没有回忆的，其余的人各种可能性都有。"

"理由呢？"她进一步追问。

"那些没有疑问，自信能解答一切问题的人是没有回忆的人。"

（停，停，推背景，背景是《存在与虚无》《存在与实践》——这还是周立民加的。）

——她的信措辞热烈。她对我的称呼容易使人产生误解。在信的结尾，除了拥抱之外，还要吻我，这种西方的礼遇尽管令人神往，同时，也令人尴尬。

（停，停，背景转换，一个男人的想象，以下少儿不宜，此处删去一百一十三字——也许这是小说里就有的，不是周立民加的。）

我又初步诊断：甘露老师的小说一定会得到广大妇女同胞（对不起，该统统称女孩儿……掌嘴，掌嘴）的热烈欢迎！（书的开本，放在包里都合适）为此，我准备搜一张作者的靓照给大家瞧瞧，什么叫美男子。

可是，我搜到的居然是这个。

对不起，甘露老师，我错了……

3. 王强：《书蠹牛津消夏记》

王强说："作为猎书之人，文字是我眼中一座城市唯一的地标。"

我说，作为读者，文字是作者唯一让人识别的面孔。

据说牛津版此书，只有三十几张图，而海豚版有一百多少张。那我绝对推荐买海豚版的，因为，这书看图更过瘾，如果要看字儿，那就看图注吧。

这书图印得好，图里的书也是你三辈子都见不到的。制作也牛（陆公子写的书名，我以为是钱锺书写的呢），封面上都镂浮雕了，像个城市纪念碑啊！

后来，我突然发现，王强，头上放光，也是时代纪念碑啊。什么合伙人、创始人，什么什么，那是另外一个领域，我绝对白痴的领域。他的前一本书，我还没看，就被书名吓住了：《读书毁了我》。一、毁了你，还读，还买，还写，傻啊？二、毁了你，还能在这里嘚瑟？自作自受。

也不知怎么，我似乎与王强的文字有仇，然而，他这本书，我还是拿来翻来翻去不放手，字儿也都一个个数完了。学识，见识，经历，抒情，什么都有。我怎么就不喜欢呢？长句太多，段落中没有节奏，不会讲故事？或者是我们让董桥败坏了胃口？都不是，都不是，说出来怪不好意思的，真的，纯粹是羡慕嫉妒恨啊。这些书，我见不到，见到了，买不起。——剩下还用我多讲吗？

4. 周立民：《〈随想录〉版本摭谈》

就是鄙人的新书。

有人问："摭谈"是什么意思？

我：找"度娘"问去！

另有人问：这书封面上的书名怎么那么小啊？找都找不到。

我立即发出了诡秘的笑声，我想，这书的设计者杨小洲老师一定会发出爽朗的笑声。

当初我哀求他让书名占两个格，他的回复是：就是让读者看花，第一眼看不到书名，要去找书名，这样才牛！

可不是吗，咱从来都是牛人。粪土当年万户侯（千夫长也没当过呀），仰天大笑出门去，我辈……（皇帝从来也没召见过我啊关键是）好的，好的，在他的"威逼利诱"下，我愉快地说：花好，花多更好；我爱花，更爱花花世界。

2016 年 8 月 18 日早上，匆匆

附记

是否将此文收入本书，我犹豫了一下。因为还要编另外一本书，所收都是专门点评具体书的文字。然而，既然我当年在题目上打出了"海豚风"的旗号，我想这就不单是评书，而是谈一种出版现象。"海豚风"，应当是那几年中国人文出版中的一道诱人的风景。中国出版界讲繁荣确也是轰隆隆泥沙俱下，然而能够做出有自己标识度的出版物的出版社也不见得很多。这一点，当年越做越成熟的"海豚"是有它自己的特色的。遗憾的是，风一刮而过，也似昙花一现，似乎再次证明，要想挂上"百年老店"的招牌都是做梦也不敢想。2016 年的上海书展，是"海豚风"华丽亮相的一年吧，不久之

后，它就成了传说。幸好还有一本《海豚人文书目（2010—2017）》可以凭吊……当年，我是极力建议做这么一本书的，想不到，书印出来了，海豚犹存，人文拜拜了。

2023 年 5 月 4 日凌晨

在宁静与感激中享受寻常幸福
——春节读书的片段感想

1

人们常说，人生是一本大书。我有时候却感觉到，书中也有辽阔的人生。不同的时段和心境能品出不同的滋味。

春节假期，回到老家，在留存的书中，发现德田秋声薄薄的《缩影》（力生译，上海译文出版社 1982 年 4 月第 1 版），真是一本老书了，我手里这本是 1985 年 2 月第二次印刷本，距今已有三十二年。我第一次读它，应当是 1990 年代初上大学时，现在一点印象都没有了。这一次，在老家的炕上，伴随着新正时远时近的鞭炮声，重新翻开它，我立即明白：当年，我不可能读懂这书。我很难理解，主人公银子，作为家中长女为供养家庭忍受屈辱去做艺伎这样最基本的事实。我们常说：哀其不幸，怒其不争。为什么不反抗啊，为什么要把自己的人生搭上去呢？只要稍微有点阅历，才会明白命运中很多无奈。那个时候，我也不喜欢日本文学的"淡"。比如，书里写道："五月里樱花怒放，桃李争妍；嫩叶枝头，青草丛里，散发出令人打噎的气息。怕冷的银子，到了这季节，不由得感到浑身舒畅，欢欣得什么似的。可是，瞧呀，那像幻影似的银鸥飞过暗澹的洋面，是何等的悲凉啊！还有那内河航船的汽笛声，火车的汽笛声，断断续续地在旅途的上空回荡，让睡梦初醒的人听来，又是何等的凄怆啊……一种身世飘零之感却像穿壁的冷风时时袭向她的心坎……"（第 128 页）平淡，却微妙，是内心情绪的百转千回。然而，缺乏身世飘零的体验，这种悲凉、凄怆，我反而认为是寡淡甚至枯燥。阅读，不仅是文字给了你什么，有时候还取决于你能给文字增加什么。

德田秋声是日本自然主义文学的巨匠，本书译者在《译后记》中介绍此书的写作时，特别提到，《缩影》最初连载于东京《都新闻》，当时正是日本军国主义不可一世之时，很多文人都在为"圣战"鸣锣开道，甚至直接"投笔从戎"。然而，德田秋声并没有迎合这最大的"政治"，却写了一个艺伎的生活，其中，还不时提到战争对于人们的生活和内心的影响，军部后来也意识到这是一个"异端"，在连载八十回后，敕令中止刊载。《缩影》也就此没有写完……这本该是一部珠圆玉润的作品，它却是残缺的。然而，一位伟大作家的道义和人格填补了这个遗憾，也可以说，一部作品不仅有文字，作家的人格境界也在给作品增量。特别是，面对着那些向人类文明挑战、违背人类基本道义的残暴时，一个作家的姿态决定着文明的尊严。在这一点上，很多伟大的作家没有让文明蒙羞。

2

在昔日的书橱里，我还找到一部《莎士比亚全集》

缩影

德田秋声 著

二十世纪外国文学丛书

这本《缩影》，我买了好久，没有读过。想不到那年春节一读，大呼差点错过。人与书都是如此，擦肩而过也许并不自知。

第 11 卷（朱生豪译，人民文学出版社 1978 年 4 月第 1 版，1988 年 1 月北京第 2 次印刷）。我清楚地记得，那是 1989 年初夏，我到庄河县城中考时，在位于向阳桥的新华书店买的。我们住的旅馆，就在同一条的转弯处。考试的事情，我几乎都忘了，只记得一群傻小子在旅馆里狂欢乱舞，像是来野营。此外，是我在新华书店买了两本书，一本是《简·爱》，上海译文"世界名著珍藏本"系列的，有白色函套，布面精装，陶雪华的装帧设计。另外一本便是这本莎翁全集中的一册。为什么只买一册？很好解释，口袋里并没有太多的余钱，哪像今天的孩子想买什么就有什么。

买回家去，我发现买错了。当初选这本，是我不喜欢读剧本，才选诗卷。哪里想到，这卷前面是两首长诗《维纳斯与阿都尼》《鲁克丽丝受辱记》，虽然，我不断告诫自己，名著都是"啃"出来的，但还是味同嚼蜡，不明所以。其实，第三部分就是著名的十四行诗，我应当从这部分先读，那就好读多了。今年年初，我让念小学的女儿选读过部分十四行诗，她都可以读下来嘛。——不过，当年，我们乡村里哪里有人会给我这样的指导，一切阅读凭的都是自我摸索和幸运的邂逅。

由此，我又想到去年海豚出版社的朋友送给我的一套许渊冲译莎翁六剧，回到上海第一个夜晚，我找出它。莎翁的书，去年委实印了不少，海豚版的这套，仿皮封面，配 1881 年版莎翁全集的老插图，典雅的内文版式，在装帧上算是其中的翘楚。人到中年，不再狼吞虎咽，也绝不将就，读书的选择也越来越苛刻，不仅内容要好，而且书拿在手里也要舒服，要有清风明月赏心悦目的感觉。这书是 195 厘米×255 厘米，十六开本，不大不小，摊开很舒服。我不再忌惮读剧本了，于是选

《罗密欧与朱丽叶》（海豚出版社 2016 年 4 月版）一卷读起来。《译者序》中，对比了他的译本与朱生豪、曹禺的差别，他不说则已，一说我更糊涂。不管，迅速翻过，还是老莎的文字像金子，不论谁翻译的，不论经历什么样的岁月，它都会熠熠生辉。

我认为当今的文字写作已经进入金句时代，而莎翁简直就是金矿，不知道贡献多少金句。你看，罗密欧先生说："爱情是叹息融成的轻烟，在空中洗炼之后，化为情人眼中灿烂的火星，如果碰到烦恼的阻碍，又会变成泪水的海洋。还能是什么呢？不过是清醒的疯狂，淹没耳目的苦水，但却是永不消失的甜蜜。"（第 14 页）"爱神的翅膀带我飞过了高墙，石头壁垒怎么能把爱情挡在门外？哪有什么爱情敢想而不敢做的事？"（第 44 页）朱丽叶小姐感慨："给情人送信的应该是'相思'，那比太阳光飞得还要快十倍，会把皱眉山头的阴影留在后面。"（第 65 页）这比微信上那些心灵鸡汤营养要高不知多少倍，更不要说"死了都要爱"这样粗俗的歌词了。情人节将至，你不打算抄几句？

3

"若要问我哪里是最乐于长久定居的地点，我觉得非偏远的乡间的小村莫属。"这是米特福德在《我们的村庄》中说的。我在回乡的飞机上，看着它也是别有一番滋味在心头。这几年，对于故乡在哪里、故乡是否在沦落的讨论，每到春节回乡时，都像巨浪回潮一样席卷而来。没有时光凝固剂，记忆中的故乡当然会消失，虽然，留恋于内心的记忆，也是人类情感的基本内容，但变化是现实生活中无法阻挡的大潮，这个问题的症结恐怕在于，向哪里变，变成什么样子？还有一层，就是我们这些每年回来几次，便满腹牢骚，然而拍拍屁股走人的子弟，与那些日日月月守在这片土地上却又无声无息的乡亲，究竟谁的声音更真实，我们在多大程度上顾及过他们的感受？

这些问题很复杂，不是靠几句激愤的言辞或某个理论可以解决。在现实面前，我的无力感越来越强烈，只能在"虚幻"的世界中寻求某种实在感，因此，特意带上这本《我们的村庄》（玛丽·米特福德著，吴刚译，漓江出版社2016年1月版）。这可是当年的畅销书，1824年至1835年间就发行十四版，有人称它是"一个英国村庄欢乐的画卷"。女作家以对乡村的热爱事无巨细地记下她在乡间一年四季接触的大自然，接触这里的人的种种感受。她是那么敏锐，而文字又是如此朴素："秋日与春日最主要的区别在于秋日没有花，春日则没有落叶。"（第227页）这里面的很多事情，都是现在时尚男女们，开车到山沟里、住着民宿，乐此不疲的事情。作者认为"散步之类的活动应该是对付神经紧张的特效药吧"（第134页），这大大符合时下流行的养生学吧？何况，作者还有一条特别可爱的狗，有小朋友陪着，在山间漫步，看看花草看看农人们，这样世外桃源的日子曾是多少人的梦想？

作者去山间采集紫罗兰，怀着是这样的心愿："坐在这花朵丛生的小丘上，将它们装满我的篮子，这是何等样的幸福啊！心灵焕然一新哪！栖身在这等平静而又甜美的景致里，人重新又会变得像孩子一样无畏、快活、温和。在孩子的世界里思想是诗歌，情感是宗教；在孩子的世界里我们快乐而又美好。哦，真愿我的一生都能这样度过，漂浮在极乐而纯真的感觉之上，在宁静与感激中享受着大自然赐予的寻常幸福。"（第100—101页）

很显然，有一颗能够感受到"寻常幸福"的心才是最重要的，恰如陶渊明所言"心远地自偏"，何必强调在乡村还是在城市呢？

我无法做一个极端乡村人生的拥护者，尽管我生在那里，但住几天，血压也高了，头也痛了，身体就开始发出警告，我不得不落荒而逃。

2017 年 2 月 3 日午间于竹笑居

夏日的暖风中，带上一本书

——2017 年初夏的阅读

1

彼得·盖伊的《现代主义：从波德莱尔到贝克特之后》（骆守怡、杜冬译，译林出版社 2017 年 2 月版）是正在读的书——这书近五十万字，想一口气读完是做不到的。不过，这已算我们引进的盖伊著作中的小部头了。他的《启蒙时代》（两卷）、《弗洛伊德传》都是厚厚的大砖头，《感观教育》有六十万字，还仅仅是五卷本的《布尔乔亚经验》的第一卷。真佩服这种潜心耕作的学者。

他可不是戴着瓶底儿厚眼镜的老学究，他的书虽然部头大，却并不乏味，总能独辟蹊径、饶有趣味地带着我们长途跋涉。即如这本，探讨的是现代主义的兴起、繁荣和衰落，涉及绘画、文学、音乐、舞蹈、建筑、戏剧等多个领域，可是作者在纷乱的素材中确定："我关注的是现代主义者们所共同拥有的东西，以及培养或压制他们的社会条件。"他总有发现，用学术的光照亮历史的角落，又将这些要考察的对象化作对最有代表性人物的具体分析上，举重若轻，穿透历史，非目光如炬难以做到。

这书里的细节又何其丰满啊。比如，它引用戈蒂耶的话，讲"美"之"无用"："任何东西如果不是完全没有实用价值，都不是真正的美。有用的东西都是丑陋的，因为它是某种需求的表达……家庭中最有用的地方就是厕所。"（第18页）比如，它讲到公众和社会对于现代主义作品的认知，讲的故事是：1926年，布朗库西将精心雕琢三年之久的精美佳作《飞鸟》送美国参展，可是海关检查员拒绝将之视为艺术品免费入境，而将它视作"制作品"，要征收百分之四十关税……这么多妙趣横生的细节，可不是让我们舍不得读完它！

2

很多出版社做选题策划时，未卜先知般地拿市场说事儿，而他们能够拿来参照的，就是之前在市场上销量旺盛的书。我常常想，这种不管不顾自己的优势和特长，又不考虑自己品牌的打造，只是伸长脖子望风似的决策，不是太精明，而是实在愚蠢。与之相反，可以为之做出榜样的是社会科学文献出版社甲骨文工作室推出的图书，近年来，他们推出的一系列微观历史的图书，个个部头不小，注释挺多，学术味儿也够重，似乎市场堪忧。然而，只要保证质量，找对读者，酒香不怕巷子深。

两年前，我买过他们的《鏖战欧罗巴》（多米尼克·利芬著），为的是再看《战争与和平》时，作为背景资料。最近，他们又接连有新书面世：《米开朗琪罗与教皇的天花板》（罗斯·金）、《冰雪王国》（汉普顿·塞兹）、《五个人的战争》（马克·哈里斯）、《中古中国门阀大族的消亡》（谭凯）……我曾说过：一个做出版的，能让读者腾出书架，放上一排他做的书，就是成功，就是成就。现在真的要为这套书腾一个书架了。

3

做书，不怕推陈，关键是推陈怎么能出新。上海文艺出版社精选以前的中短篇小说，推出"小文艺·口袋本文库"，蓝色的封面，朴素的简装，我称之为"蓝精灵"。第一辑五种，韩少功《报告政府》、余华《我胆小如鼠》、唐颖《无性伴侣》、陈谦《特蕾莎的流氓犯》、纳兰妙殊《荔荔》，典型的老中青三结合，男女搭配干活不累的结构。夏日的暖风里，顺手带一本，轻轻的，却有沉甸甸的艺术享受，让我不禁要说：这套书做得聪明。

2017 年 5 月 21 日零点于竹笑居

上海书展（2018年）闲逛记

1

2018 年 8 月 15 日，上海书展开幕。

已经十五届了，有时候乱糟糟的，一哄而聚，一哄而散。印象最深的是刮台风那一届，我从复旦打车，走在四平路上，感觉车被风吹得都打晃，是以 S 形步伐前进的。那一年令我恨恨的是，《狄更斯文集》打折，没人要，那么大风雨怎么搬回家啊，后来这书又奇货可居，买不着了。

今年是艳阳天，这是客气的说法，准确说也是蒸笼天。因为去做个节目，我在书展第一天就凑热闹来了。转了一圈，不想买书，还是买了一大包，纯属恶习难改。而且，买的基本上都是玩的书，亦是不务正业。

今天走过这些以及等等区域。在广西师大出版社门前，像是哀悼，想当年它怎么可能仅仅这么大的门面啊，那是新贵啊，而今似乎连套西装都买不起的民企小老板。后浪，好多新书和好书，都没拿过来吗，难道这么快就卖完了？新经典，有自己的看家书，在哪个角落都无所谓了。社科文献甲骨文，气势非凡，到哪里都是几架子，这种成就感，不可想象。上海人民与世纪文景的书，尽管用同一个书号，但是一眼就分出来了，凭什么？装帧。"以文学为生活引路"，谁这么有才写出来的话，那还不是盲人骑瞎马，夜半进沟里啊。

海豚出版社，今天没有去。听说有往年签名书卖，而今年新书并不多，看来，改朝换代的震荡还没有过去了。也谈不上过去，估计在人文书出版方面，这个出版社就此阵亡了。不过，哪一天，我还是要去看看，瞧瞧俞时代哪些书还是漏网之鱼，趁此机会要一网打尽——它们不仅成为历史，还将留在出版史上。

2

昨天有朋友看了闲逛记之一，留言说：也没写买什么书啊——以前，别人说中国语文教育失败，我还不相信，这回我信了，迫切需要合格的读者啊。这天天归纳中心思想，做阅读理解，怎么就不明白，有之一，就有之二嘛。再说了，怎么没说，不是明明说买了很多不务正业的玩的书吗？小学老师写作文时，没有告诉你"先总说，后分说"，这不，现在分说。

我说，每年我都买浙江人民美术出版社的书，还充当它的义务推销员。这个出版社出书有套路。化古为今，一面做大众类的读物，一面整理出版从古至今艺术史、画论等文献资料，比那些只知道复印小人书、印字帖、给画家自费印画册的美术出版社对文化更有贡献。我这样的附庸风雅者，自然是它的那些大众读物的长期读者了。"古刻新韵"系列，虽然还可以做得精致一点，但是，想一想，用普通的定价出这样的书也算化一为千的功德事业。从最初出版，我就挑着买，集合起来也买得够多了。这种书，都是写字累了，拿来怡倦眼的，权当午后小茶点。"艺文丛刊"这一套，有喜欢的品种，我也是毫不犹豫拿下，我喜欢这开本和简朴，编者很注意，它稍微厚一点，都分了两册。这再好不过了。每天夜深上床休息，晕晕乎乎中看两页，都不是经国大事，哪怕糊里糊涂什么都没记住，也不会害人害己，这样的书，不可或缺。

上海译文出版社，据说创办四十周年了，有人调侃说，在贩运外国"精神鸦片"的路途上，那属于带头大哥的级别，一笑。但是，他们的图书装帧，总体上大大方方却不精致，那些经典作家文集，很气派的护封扒掉，就是乌黑硬纸板（很愿意用黑色，代表作《奥登文集》），我就想，里面不能弄个布面，哪怕是布脊，经典就得做出经典的品位和感觉嘛。烧烤摊上吃满汉全席，总不大对味。

近几年，他们也有变化。昨天拿到这小盒子"译文华彩·漫游系列"却不得不为他们叫好。我向来喜欢小书，何况看看这作者和书目：海明威《巴黎永远没有个完》、永井荷风《荷风细雨》、毛姆《国王陛下的代表》、纪德《放弃旅行》、劳伦斯《漂泊的异乡人》。三十二开窄条本，秀气。封面设计，华彩，不惜烫了不少金，难得，难得，拿下，拿下，并隆重推荐。——出门带一本，省得听老婆在耳边聒噪了。

昨天，在场子里，看一人，很熟悉嘛，眯眼细看，傅杰大师。他见我就劈头教导：真是没有节操，你怎么能站着看书呢，应该躺着！我也觉得有必要向组委会提出：适当考虑，不同群体的阅读习惯。回家，看购书小票，发现，傅大师的名字都印到这上面了，光照千秋啊。他倒是站着看书，看起书来，就懒得理我了。不

过，我也弄不清，是书，还是美女吸引了他，知趣走开
就是了。

告别傅大师，看到澎湃的直播间和更为澎湃的宣传
口号，可能走累了吧，我只有报以苦笑，并不合时宜地
怀念起《东方早报》来了，它的《上海书评》和《艺术
周刊》，我每期必读，读后还存起来。看纸面的东西，
不容易澎湃（大脑充血），却值得回味。这年头，还蹦
跶什么，小丫头片子都知道"岁月静好"，那么，拜托，
还是让我们过几天庸庸碌碌的太平日子吧。

（2018 年 8 月 16 日于地铁上）

3

"田湖的孩子"来了。（《田湖的孩子》，上海文化出
版社 2018 年 8 月版）

这个"田湖的孩子"是阎连科，田湖是他们村的名
字。话说，当阎连科还是个孩子的时候，某一天夜里，
站在他们家的院子里，突然像哥伦布一样有个重大发
现：过去人们都说中国是世界的中心，河南是中原，自
然是中国的中心，而他们县又在河南中心，田湖又处在
这个县的中心，简化一下，那就是他们村是世界的中心
喽。激动，自豪，得意，别人不知道的那种隐秘的冲
动……可是稍微长大一点，他就不愿意待在这个贫苦的
中心，千方百计要逃离它，他成功了。这个时候，他又
发现，当你真正远离故乡的时候，故乡才一次次从内心
走入又走出，阎连科几乎所有的创作都是精神还乡——
记得他曾说过，他的小说不论写什么，只要放在故乡的
土地上这个大背景中，一切都好办了，都会写得得心应
手。他用文字创造的耙耧世界，将故乡的精魂留在了文

学史上，也是对故乡的永久报答。这本《田湖的孩子》，是纪实散文，是他对故乡和往昔记忆的再次书写。

今天的雨像个无赖，高兴就下起一阵。风也大了，听台风又要过境了。有台风的书展会改变蒸包子的苦恼，也好。傍晚，与阎老师和本地出版社的朋友们会面，我刚坐下来，阎老师就急切地要给大家分糖果，糖果就是这本《田湖的孩子》。阎老师也算著作等身的作家，出本书算是很平常的事吧？他说，这本不平常，有五个年头没出新书了。怎么可能呢，这是个多产作家啊。长篇小说《速求共眠》不是刚出版吗？哦，那是海外，如今，阎连科快成海外作家了，作品被海外抢着出，包括各种外文译本。于是，大家心领神会地祝贺阎老师，他像孙悟空驾筋斗云一样，又翻回了海内。

这本书，曾以《从田湖出发去找李白》为名由明天出版社 2014 年 10 月初版，印量很少（据说只有四千册），市面上不多见。如今，作者又重新修订文字，增加一篇附录，推出新版，在《我与父辈》那沉重的文字之外，让我们看到一个抒情、忧郁、懵懂不安的阎连科。书变成了精装，插图也换成中国的水墨，书更精致了。

这本小书里有一个细节令我过目不忘。革命年代的村里斗地主，竟遇上了"另类"，真叫人不很明白，革命话语被乡村自然伦理置换、替代。村长找王家兄弟，说对不住，没办法，上面逼着呢，得斗你们了。兄弟俩说不怪你。斗谁呢，哥哥认为弟弟连个女朋友都没有还是斗他吧。批斗中，村人们根本就是逢场作戏，上面的人不干了，出事了，地主摔伤了。村人们便以都斗出血了还想怎么样，让一场庄严的批斗草草收场。回到家，傍晚了，阎连科的父母觉得邻人遭难，不表同情实在不对，便差遣阎连科拿着鸡蛋去慰问。起初，他还小心翼翼，怕被别人发现。到了地主家里一看，差一点半村人都在这里，在村人们眼里，地主是什么东西啊，大家都是田头街尾、抬头不见低头见的邻居啊。

这个故事，让我在一瞬间很有信心，不论多么疯狂和乌烟瘴气，在人们的心田里还是有不被污染的土地。大家可以陪你逢场作戏、癫癫狂狂，可是，这并不意味着大家就信你，人的良知是柔软的，也是刚硬的，有些是非，有些标准和底线，并非不清楚。有时候，还非常清楚。那么，我们也不必太悲观，还是要相信，每一个心里总有一盏不灭的灯。——这么说，阎连科的作品是多么充满正能量啊。那么，有人怕什么？在夜雨中，一个人撑着伞回家，我想大约很多人怕真相怕真实地面对吧？阎连科恰恰告诉了我们现实的真相，写出了灵魂的真实。

这次书展，阎老师在上海有两场活动，这是值得鼓掌的事情，我们需要有分量的文字给一个愿意打扮成风花雪月的城市压一压腰。上海曾经产出过阎连科很多重要作品，更应当有勇气护持这样的文字。风雨中，我有些想到《别了，司徒雷登》结尾那两句话，改一改，权当我的结尾：台风"温比亚"来了，"田湖的孩子"也来了，很好，很好。这两件事都是值得庆祝的。

（2018 年 8 月 16—17 日）

4

买来的书什么时候看？这是一个问题。这个问题，我的回答不是很有信心。特别是坐在书桌前，回身看身后竹书架上，去年书展买的两部小说还一个字没读呢，我的信心更是漏气了。

接着一个浑蛋问题便产生了，七窍冒聪明的人总爱问：既然都不读，还买它干什么？我他妈的哪里知道！有个智慧的脑袋长在一个叫艾柯的人肩上，他居然对类似的问题，做出了三种回答。问题是："书真多啊！您全部都读过了吗？"回答一、我一本也没读过，否则为什么会把它们摆在这里呢？二、我读过的要更多，先生，比这多得多！三、不，我读过的书都放在学校图书馆里了，这些是我要在下个礼拜之前看完的书。（《关于爱书癖的思考》，《植物的记忆与藏书乐》第 46—47 页，译林出版社 2014 年 8 月版）这三种回答能让对方闭上愚蠢的嘴吗？难说。

用不着想太多，不是强调，不管黑猫白猫，能拿耗子就是好猫嘛。我是管他看不看，先买回来再算。那么，这回得算算啦，买回来的书什么时候看。

荞麦和张惠雯是我喜欢已久的作家，尤其是荞麦，好像还没有引起应有的注意。不过，最近，实在没有时间看她们的新作，等 2019 年以后吧，读与不读是个问题，早读还是晚读，我认为不是个问题，慢慢读才好。

波拉尼奥的书，出一本就买一本，具有较强的盲目性，我不知道他到底好不好，好在哪里，只知道大家都说好。我说不知道，是因为买来的书并没有看完，不好评价。而看完的，也没觉出好在哪里，比如，《美洲纳粹文学》，可能是知识储备不足吧，除了形式上的意义，我没觉得有什么高明之处。还有《未知大学》，读了三分之一，并未惊为天籁，倒看出很多不成熟的篇章，反正就这么说吧，这书要是我写的，早被出版社编辑扔废纸篓里了。但是，读书界向来爱刮风。哪一阵抽风，要是你不跟着抽，会被认为不够高雅不够品位，为了保持

我高雅的小身段，波拉尼奥的书我还照买，并且暂时不
说他好与不好。

谷崎润一郎的这两本，提醒没买到的赶紧买。上海
译文出了一套谷氏的作品，都是这个封面的简装本，我
很喜欢，能买的也基本都买了。"基本"之外的，就有
这两本，卖完了。大约《春琴抄》《细雪》太有名，卖
得快。爱书的人有个毛病，要全要齐，女娲强迫症，你
说天缺一角就缺一角吧，非补全不可，现在当作丰功伟
业歌颂，其实，求全是种病，我就深受其害。这两年总
在琢磨，怎么能把这两本补全，其实，已有别的版本，
但是见到这个本子还是傻乎乎地欢天喜地。这是出版社
重印本，善哉，善哉。

《桑塔格全集》，还用了布面，对于不太大方的上海
译文社来说，算是下了血本。这个我倒不打算买全，以
前的文集有的，我就不买；我只喜欢她的理论随笔等，
不喜欢她的小说，那些也不买了。（如打一折，另作考
虑）老太太言辞犀利，很有大丈夫气，她的书，争取早
日排上日程，最近读一遍。

"译文经典"，是坐地铁时看的书。小泉八云这本，
有多幅彩图在前，也算这套书里破例的装帧了。《美丽
新世界》与眼下我的研究有关，可能要早一点看完。

张北海的书，最近一定大卖，就是那本改编成邪了
更邪还是正也不正的什么电影的《侠隐》。电影我没看，
小说我倒想看看。幸亏，多亏，我在现场翻了五分钟，
我决定不看了，浪费时间。而这本散文集《一瓢纽约》，
倒是可以翻一翻，我没去过纽约，权当看西洋景。顺便
说一句，我也不是不看电影，但是我看电影的心态特别
端正，就是娱乐、消遣、打发无聊。因此，我对于那些
看了电影总能谈出艺术写出论文的人，真是佩服得——

不，写错了，应该是嗤之以鼻。现在的电影技术不老少，哪有什么艺术啊。撒尿就是撒尿，你不要让大家欣赏音乐似的，听——这是泉水叮咚响。就像买回来的书，不看就不看吧，有什么大不了的？这么想，焦虑全无，洗洗睡了。

（2018 年 8 月 19 日凌晨三点）

向后读，回味无穷

有一首英文歌 *Yesterday once more*（《昨日重现》），往昔时光流淌在舒缓的旋律里，昔日等待着收音机里播放喜爱的歌曲的情景多年后重现，仍然充满着怀恋和幸福。我想，读书也是这样，文字让时光重现，让我们与美好回忆、与大千万物、亲朋好友在那一刻重逢。如此说来，我的读书是"瞻前顾后"，向前看，是那些刚出炉的新书，迫不及待；向后望，是各种"旧书"，一字一句，细嚼慢咽，又似故人相对，哪怕清茶一杯，也回味无穷。

近年来，我"瞻前"越发谨慎，"顾后"倒更加放肆。书出得太快自然容易太滥，"瞻前"，前面这个坑太大，一不小心，就容易掉到烂泥里，于体力和精力我认为都不值，因此，不得不多加小心。再说了，到了这把年纪，还不抓紧时间，读"自己"的书，整天陪什么"太子"读书，那可是头脑发昏。"向后读"，就是读自己喜欢的书嘛，大体分三种情况：一是个人写作和研究的需要。2018年为了写作关于萧珊翻译的文章，我找来她所有译作的各种版本；为了另外的写作，重读了唐弢、臧克家、杨晦、陈敬容等人的选集（文集），还买了一套 1949 年前《文汇报》的缩印本，拿着放大镜读得津津有味（抬起头来两眼都发蒙）。二是致敬经典，老话讲"经典是永恒的"，我愿意背负着这沉甸甸的永恒赶路，而不愿意为水上浮萍浪费时间，经典让人汗流浃背，却也心明眼亮神清气爽。这几年，每年我都刻意选择几种经典，放在床头枕边，慢腾腾地细读。2018 年开年，读了一大堆柏拉图。三是为情趣读书，没有目的，没有负担，无非为"喜欢"二字，杂七杂八，无所不读，这是我贪恋又享受的"书时光"。

书本来就是有趣的尤物，你把它读得皱皱巴巴苦不堪言，那是画地为牢、迂腐透顶，我不欣赏什么板凳一坐多少年冷的话，"苦读"，是你自己苦，不是书的苦，书中哪怕有苦，也会苦尽甘来。为情趣阅读，有的是旧书重读，旧情复燃；有的是以前错过了，恨不相逢未嫁时，烈火干柴；有的则是购入已久，无端冷落，重新发现，欢情如昨。

这两年，我恶习不改，尽管已有新的版本，见了老三联的书还是抬不动腿儿，必拥入怀中才肯罢休。所谓老三联，范用、沈昌文那个时代，上世纪 80 年代到 90 年代初的时光。那时候，三联的书，看面相都有一种特有的气质和书风，书不豪华，可是摆在那里，你能感受到一股文雅和书香。"书话系列"，郑振铎、唐弢、孙犁、冯亦代、杜渐、黄裳等人的书，早已成为经典，连扉页上放一页缩小的作者手稿，我都觉得风雅无限。这些书，我见一本买一本，见两本买一双。

白皮本的"读书文丛"自不必说，还有一种白皮本"回忆文丛"（未见丛书名，这是我给加的），杨绛的

《干校六记》《将饮茶》，陈白尘的《云梦断忆》，金克木的《天竺旧事》等几种，都在里面。虽然后来都有合集、选集、文集等本子，但是我独喜欢轻轻薄薄的小册子。封面也素雅，庄重的黑体字书名与作者手写的签名放在一起，顿时没有了呆板。封面上做装饰的花花草草，带给人一种书卷气。这是范老板（范用）亲自操刀设计的封面，什么时候看着都如带露的花儿清新可人。过去的一年，老三联的书，我还经常翻阅的有"文化生活译丛"中的几种，如《六人》《狱中二十年》《聚书的乐趣》《伊利亚随笔》等。这套书里的《情爱论》，1984年10月第一版，到次年3月二印时，印刷已达17.5万册；《自我论》，1986年12月第一版，次年4月二印，已达20万册。追求"情爱"，呼唤"自我"，是80年代的主题，由此也可见一斑。旧书重读，这种年代感特别令人回味。这里，有书本身呈现出来的，也有书唤起阅读人的自我记忆，它们使阅读走出书斋，穿越时光，与自我经历和情感重逢，酸甜苦辣，五味杂陈。

为情趣阅读，是躲进小楼成一统，书是为自己读的，因此，就不大在乎市面上流行什么，别人关心什么。不追时髦，甘当"落后分子"，我喜欢的很多东西都"老掉牙了"，可是，我还是固执地坚守自己的口味。比如，对俄罗斯文学，我始终抱有好感。巴乌斯托夫斯基，《金蔷薇》之外，2018年，我还买了他三十多年前出版的两卷本选集，看他写的自然风光，以及打猎垂钓，不禁感叹，他们真放松，真轻松啊。不论时代是什么面孔，那些人都没有丢掉自己的面孔、自己的心，唱啊，跳啊，乐啊，多快活。——而我们整天都在干什么？多少年后，有几件事情可以说得出口，有多少事情是尽心惬意的？按照读一个人，便涸泽而渔一网打尽的惯例，我还把巴乌斯托夫斯基的六卷本的长篇小说《一生的故事》也搬回家，准备找一个惬意的时光独享。就这么，与最亲近的"朋友"在一起，无拘无束，身心放松，自得其乐，时间过得也快，管他无聊还是有聊，一年又一年。

2019 年 1 月 23 日凌晨

和一本心爱的书度过

——2021年我的情趣书单

1

不见雪花，却有各种日历、年历漫天飞，正正经经地提醒我们：一年又要过去了。"旧曲梅花唱，新正柏酒传。客行随处乐，不见度年年。"翻一本日历，看孟浩然几句诗，难免也有岁尾之叹。在另外一首诗里，他还说："田家占气候，共说此年丰。"田家稻谷满仓，我等则是书册盈室，想做一点有序整理，又觉千头万绪，不知该如何下手。一年来，我也不知疲倦地开过各种书单，几乎都是为"公共阅读"服务，这一回却不妨任性一些，从"私人阅读"着眼，开一份"情趣书单"，选跟自己性情贴切的书。所有的阅读，都是从"大众阅读"到"私人阅读"，有了自己的书单，才像是万千人中得自己的佳侣。因此，这既不是岁末盘点，又非出版总结，而是读书回想录。

2

快三十年了，我从未通读《追忆逝水年华》，但是，我要一字一句通读它的决心似乎从未受挫,我购买该书的各种版本以及相关图书的热情丝毫未减。由此,你也能想象得到,当我拿到普鲁斯特的曾侄孙女帕特里西亚·芒特-普鲁斯特和米雷叶·纳杜雷尔编的这本《方舟与白鸽:普鲁斯特影像集》(张新木译、译林出版社2021年8月版)时,脸上充满着怎样浅薄的欢喜。作家的后裔参与编写,使这本书多了很多亲近的视角和亲和力,那些新旧图片,轻而易举地就带我们步入昔日时光:作家的不同时代影像、手稿、活动场景,油菜花田,钟楼,山楂树小路……这不仅是作家的影像传记,还是那部巨著中每个细节的深深回味。它再次诱惑我从书架上搬下了这本《追忆逝水年华》。

这是"译林·旧光影"丛书中的一种,之前推出的两种是《孤独与团结:阿贝尔·加缪影像集》《生活,在别处:海明威影像集》,编辑思路一致,同样精彩。近年来,我们引进了很多西方文学大师的传记,都是大部头的,对于学术研究大有裨益。然而,要更为形象、立体和简便地了解作家的生活和生活的时代,我认为这种图传更有功效。今年还比较中意一套《不确定的宣言》([法]费德里克·帕雅克著,余中先译,四川文艺出版社·后浪出版2021年10月版),此书关于本雅明的是三部——《本雅明在伊比萨岛》《本雅明在巴黎》《本雅明在逃亡》,作者是一位画家,黑白图画有力地说明了本雅明所处的时代和欧洲文明的存在境况,书中以片段的方式展现了本雅明生活的场景,还有他的思考。读到本雅明自杀后所带手提包这个细节,我长久沉默:

在1940年10月30日回答霍克海默的一封信中,菲格拉斯地方东部边境检查与警备分局的安全总监仔细报告了本雅明随身所带的"像商人那样使用的手提皮包"中的内容如下："一块男用表，一柄烟斗，六张照片，一张 X 光透视底片，一副眼镜，一些信件，几本杂志，数量并不太多的纸张，其中的文字内容无法辨别，另外还有一点点钱。"（《不确定的宣言 3·本雅明在逃亡》第201 页）

或许，今天人类又到了正视本雅明精神遗产的时刻，但愿我们看到的不仅仅是表述"其中的文字内容无法辨别，另外还有一点点钱"。

我喜欢收集这些图文书，随着印刷技术和纸张品质的提升，晚近的图文书也不断给人带来惊喜，不仅益智，而且让人赏心悦目。即如翁贝托·艾柯的早期作品《中世纪之美》（刘惠宁译，译林出版社 2020 年 8 月版），哪怕我们是这方面的门外汉，并非是为了探讨中世纪美学或者为改变我们对中世纪文化的成就而阅读，仅仅欣赏书中几百幅精美的图画，就已经感受到美学的震撼。出版社还有心制作了特装本，三面刷蓝并配了烫金的小花。拿在手里翻起来，不由自主地产生这样一种心情：阅读，也是生活中的行为艺术。

3

讲到书之美，近年来，"珍藏本""纪念本"已成为书界时尚，中国出版界晚知晚觉，终于看到纸质书的多种功能。浙江文艺出版社的"可以文化"推出许渊冲百岁诞辰法兰西三大文学经典（《红与黑》《包法利夫人》《约翰·克里斯多夫》）珍藏纪念版，图书推出时，许渊冲先生仙逝，这套书遂成翻译家的天鹅之歌。更受追捧的是上海译文出版社升级版的"插图珍藏本"系列，从 1990 年代的金色版，到 2000 年后的黑金版，到现在的升级版，在技术上，他们越来越纯熟，以今年为例，《白鲸》插图本，特装本网上开售，真是秒杀。随之而来的《神曲》更是做足工艺，而《十日谈》也不让前者，现在《小杜丽》又来了……让人应接不暇。即便如此，我还是一部部地追购，并非是为了"玩"，还是为了读，精美的书捧在手里读起来心情大不一样。不同装帧的书适合不同情境阅读，比如，旅行中，自然是简易装，口袋本更佳。而在窗明几净的书房，清风徐来时候，则不避制作精美的珍藏本，轻轻摊开，细细欣赏，不失风雅。世上图书千千万，八辈子也读不完，然而读书也要直抵核心，这个核心就是代代传下来的名著，它们值得一读再读，如此说来，那些名著多几个不同的版本，不算奢侈。

大约觉得纪念本、插图本有机可乘，有很多书便戴上了这样的帽子，然而在装帧和印制上却很欠火候，弄得不伦不类。不完美，则宁无，如果做不到相应的品质，我认为老老实实印个平装本，好书还是好书，比挂着羊头卖狗肉强。比如，我很有期待的《尤利西斯》出版百年纪念版，用纸一般，甚至印出来的字迹背透；马蒂斯的插画本来是这个版本的亮点，可是印刷效果不佳，反倒成为槽点；正文字特别小，大量的注释依旧是放在章末，这些都充分显示了对读者的不友好。网上看到此书的特装本封面装帧十分漂亮，但愿也不要犯了一些"特装本"的大忌：金玉其外，败絮其中，外表好，内文用纸等不甚讲究，真正特装就要内外浑然一体，孤标独步。

今年我拿到的最可心的纪念本当属诗人诞辰两百周年插图纪念本《恶之花》（莫渝译，浙江大学出版社·

启真馆 2021 年 8 月版），从文字上，此书比较完整地涵盖《恶之花》各版诗稿，且有相当篇幅的作者介绍；配图上，选用的是蒙克等多位大师杰作；装帧上，布面精装，大开本，内文设计疏朗有致；定价上，才二百四十八元，也是尽力做到亲民了。

4

我对插图、图像的热爱并非毫无底线，比如，我就不大收集单纯的"摄影集"，我还是喜欢有叙事功能的图像，图文结合，才意味深长。今年印象颇为深刻的另外一本图文书是帕慕克的《纯真物件》（邓金明译，上海人民出版社·世纪文景 2021 年 7 月版）。十多年前，帕慕克曾写过一部四十多万字的长篇小说《纯真博物馆》，讲的是富家子弟凯末尔毁弃婚约追求少女芙颂的故事，炽热的恋情过后，是少女的消失，而凯末尔为了追寻恋人的足迹，走遍伊斯坦布尔，为了珍存恋人的记忆，他悉心收集恋人爱过、触碰过的一切，把它们放进"纯真博物馆"……帕慕克说这是他写过的"最柔情的小说"。想不到这位柔情的作家，又花费了十多年时间，依照小说里的描述在伊斯坦布尔实实在在地建起了一座"纯真博物馆"。城市的老照片，生活中的老物件，小说主人公的私人物品，都入藏了，而《纯真物件》就是帕慕克为这个博物馆所写的导览手册，这既是小说情节、细节的复现，又是作者的生活追忆，更是他唱给伊斯坦布尔的又一首恋歌。

一座城市最大的幸运就是有这样的歌手为它歌唱，帕慕克的整个小说都是唱给这座城市的情歌。当然，《伊斯坦布尔：一座城市的记忆》和《纯真物件》这样的散文则是最赤裸的表白，由前者，我还认识了一位给这

这都是帕慕克唱给伊斯坦布尔的情歌。其中《伊斯坦布尔：一座城市的记忆》，我曾多次翻看，有时候想，这书要是我写的该有多好啊。

个城市留下影像的摄影家阿拉·古勒，所幸他的摄影集《阿拉·古勒的伊斯坦布尔》（邓金明译，上海人民出版社·世纪文景 2020 年 10 月版）也有了中文版，我买了书，还在梦想：有朝一日，疫情解除，是不是可以带上它们去那片神奇的土地上走一走？

读城，追城，读书行路，行路读书，自有千种风情。"城记·城史"的书，在近年来出版物中也是摇曳多姿。我手头就有厚厚的《威尼斯史：向海而生的城市共和国》（［英］约翰·朱利叶斯·诺里奇著，杨乐言译，译林出版社 2021 年 6 月版），《都柏林：沧桑与活力之城》（［爱］大卫·迪克森著，于国宽、巩咏梅译，上海文艺出版社 2021 年 2 月版），后者是上海文艺出版社近年来推出的"读城系列"之一种，不声不响中，这套书中已经读过了柏林、伊斯坦布尔、威尼斯、孟买、泰晤士、罗马、巴黎等多座世界名城。国内的"城传"也争先恐后地出版，叶兆言的《南京传》（译林出版社 2019 年 8 月版）之后，叶曙明的《广州传》（广东人民出版社 2020 年 6 月版）、邱华栋的《北京传》（北京十月文艺出版社 2020 年 12 月）也紧随其后，诸多城市也正摩拳擦掌翻动自己的前世今生呢。上海，历来是图书市场的不败题材，今年尤其值得注意的是一本陈子善、张伟主编的《海派》（第 1 辑）（上海大学出版社 2021 年 8 月）翩然而至，这本集刊与当年的《新月》差不多的方型本、封面是周鍊霞《春困图》，它以史料展现海派文化之丰富多彩，甫一问世即得到欢迎，相信在今后一定还会大放异彩。

5

2021 年，还有一部读书界期待已久的大书出版了，不过，它似乎没有等来预期的反响，那就是刘象愚花费二十多年时间，数易其稿，终告完成的《尤利西斯》中文本（上海译文出版社 2021 年 6 月版），它是汉语世界第三部全译本。是前两部轰动效应把大家的热情消耗殆尽，还是这一部译笔有些生涩？反正，对它的出版，人们似乎是"淡然处之"。我比较感兴趣的倒是那本五百多页的附册——刘象愚所著的《译"不可译"之天书：〈尤利西斯〉的翻译》，它讨论的是这部天书的翻译细节，有原文和三个中译本得失的比较。在作者这里，当然是自证其妙的显示，不过，也有自取其辱的风险，不管它，它至少帮助我们更深一层理解了"天书"。如果有耐心，这样的书看一看，和读词典一样让人兴致盎然也大开眼界。比如，我还买过一本七百多页厚的《〈尤利西斯〉中文注释及导读》（谈德义英文初稿，吕秀玲、施逢雨编注，台湾清华大学出版社 2014 年 2 月版），而《〈管锥编〉西文注释译解》（张俊萍著，上海三联书店 2021 年 9 月版）也同样是一本有趣的书。

今年，我在心里默默致敬的翻译家是范晔，说实话，他译的《百年孤独》我没觉得多么出彩，然而因凡特的《三只忧伤的老虎》（四川人民出版社 2021 年 7 月版）能用汉语如此畅达地转化那些"不可译"的另外一种语言，不能不让我一而再，再而三地问：此人，与我们同属凡人吗？

篇幅有限，一年里的书读不完也扯不完，最后，为了不给大家留下我推荐的都是一些"不务正业"的书的印象，我再推荐两部平常不会向公众推荐的学者的文集吧。一种是《严家炎全集》（新星出版社 2021 年 8 月版，10 卷），另外是《王富仁学术文集》（北岳文艺出版社 2021 年 5 月版，9 卷 12 册），两位都是治新文学的大家，从他们一生的成果中，可以看出，学界风云变幻，一个学者贴着历史贴着作品来研究之可贵。喜欢小说的朋友呢，余华的《文城》（北京十月文艺出版社 2021 年 3 月版）——我说过这部作品似乎没有达到余华以前作品的高度，但余华的小说依旧比其他人的大多数小说要好；还有王安忆的《一把刀，千个字》（人民文学出版社 2021 年 4 月），"王安忆"三个字，就是品质的保证，她不会让你失望，而且她的作品一部比一部刚健。

"在我们童年的日子里，那些幸福满满地度过的时光，也许没有一天是我们觉得白白虚度的日子，也没有一天不是和一本心爱的书度过的。"《方舟与白鸽：普鲁斯特影像集》中引用了普鲁斯特这一段关于读书的话，"和一本心爱的书度过的"，也是我们在漫漫冬夜中等待春天的最好方式吧，哪怕有时候是在回想读过的书。

2021 年 12 月 19 日下午

打
开
春
天
的
方
式

茶梅、含笑、桃花、樱花次第开放，春天如约而至，疫情似乎也不甘寂寞。我们得学会接受天地的赐予，不论是春光美景，还是风雪满天。在生活慢下来的这一刻，心也静下来，在阅读中打开春天，不失为一种因地制宜的选择。

一、最有意义的书

书海茫茫，哪一朵浪花属于我们呢？恰好，手头有一份加西亚·马尔克斯开出的书单。一家杂志社征求"对你最有意义的五本书"，这是他的回答：《一千零一夜》、索福克勒斯的《俄狄浦斯王》、梅尔维尔的《白鲸》《西班牙抒情诗集》及《西班牙语词典》。最初他想把《基督山伯爵》列入，后来觉得已有《俄狄浦斯王》珠玉在前；又想到《战争与和平》，他认为"它算得上是写得最好"的小说，又感觉这已人所共知。而《白鲸》"无序结构创造了文学中最美的乱象之一"尚未被人认识，更值得推荐。这份四十年前的书单，出自《无痛文学》一文，它收在马尔克斯的杂文集《回到种子里去》（陶玉平译，南海出版公司 2022 年 1 月版），这本书还收了很多老马做新闻记者时所写的社会报道，堪比侦探小说，引人入胜。因此，我毫不犹疑把这本书也列入我的春天书单。

谈到"最有意义的书"，我不由自主会想到经典作家的经典作品，书和朋友一样，并不怕老，我更喜欢一次次的重逢。近年，在各种名著珍藏本、特装本之外，不少出版社也推出很多亲切、朴素的简装本。世纪文景推出的"文景｜恒星系"第一辑包括《复活》《德伯家的苔丝》《城堡》《萨哈林旅行记》《羊脂球》《红色骑兵军》（上海人民出版社 2022 年 1 月版）等习见名著，还配了当代作家的导读；北京出版社的品牌图书"大家小书"的青春版也增加了世界名著，手中有两本——《老人与海》《猎人笔记》，小巧的开本也惹人喜爱。自由的心灵不会被囚禁，阅读可以带我们去远方，最近我就在读契诃夫的《萨哈林旅行记》，那些一辈子可能都去不了的地方，打开书就在眼前。

二、读书人家的桃花

这套书共三本：《我的山居动物同伴们》《生命中那些闪亮的日子》《桃树人家：读书人家的光阴》（北京时代华文书局 2011 年 11 月版），我一下子就挑中了朱天文、朱天心、朱天衣三姐妹合著的最后这本，因为"桃树人家"这样富有春天气息的书名。这也是写实，朱家后院有两棵桃树，种菜又种花，还连着山坡。"三月看桃花，五月采桃子，做冰桃汤喝。六月昙花开……九月采桂花……"（朱天文：《桃树人家》）母亲有时还会带她们去东山岗采蕨菜，"望下去河谷蜿蜒而过，漫山是银花花、摇闪闪的野芒。"（朱天文：《春衫行》）这是桃花源吗？世上哪儿有桃花源啊，他们的物质生活其实挺紧张的，有一段时期还靠亲友们帮衬。可是，"读书人家"，安贫乐道，与大自然、小动物结成良伴、打成一片，一切都成为"最好的时光"。朱天文贪恋的是台风天，停电了，父母不做事，一家五口窝在厅里的大床上，父母们闲闲地聊天，孩子们在一旁玩……悠悠岁月中，幸福感可能并不来自物质屏障，反而是这种平常生活的亲切记忆。

我在冯骥才先生的新书《画室一洞天》（作家出版社 2022 年 1 月版）中感受到有一个心灵的空间是多么重要。画室"有洞一样的私密，家一样的自由，神仙一样的神奇"，绘画对于他"更多个人心灵的表达与抒发"。（《画室说》），跟随着冯先生的文字和大量的图片，我在艺术的草地上打了一个滚儿。我还特别喜欢冯先生画室和书房外面的连廊，"花木葱茏，绿蔓缠绕，一任自然"，在这绿意中坐一坐，"如在田园"。（《连廊上的椅子》）这里的感觉，不是春天来了，而是四季如春，春意常驻。

三、把春天带回来

没有诗，怎么对得起这绿肥红瘦。黄永玉先生诗集《见笑集》（插图版，作家出版社）在这个季节与我们见面了，一百六十幅插图诠释了什么是"诗情画意"。他笔下的春天，是故乡南华山的"绿"："绿得那么啰唆，/绿得那么重复，/绿得喘不过气，……"（《南华叠翠》）春天，还要用心去听："春天来了，大树小树开始长芽/幸好它们不笑，/要不然/白天晚上吵死了。"（《春》）这是一位九十八岁老人的"春之声"，这是返老还童的青翠文字。

清晨，确实"吵"，那是千回百啭的鸟鸣，闭上眼睛，默默地听，也是美妙的音乐。"世间最起人兴味的声音，莫过这小鸟的低语。"三百五十四年前，在英国的乡间有一位绅士也是这么认为。（见吉尔伯特·怀特：《塞尔彭自然史》第 97 页，缪哲译，新星出版社 2021 年 12 月版）翻翻他的《塞尔彭自然史》，多少都市人又燃起乡间的隐居之梦。春天，在野外，"远眺春日野，/袅袅/炊烟起——是/少女们在煮春野上/摘采的嫁菜吗？"（佚名：《万叶集 365：297》第 357 页，陈黎、张芬玲译，北京联合出版公司 2022 年 1 月版）还有春雨和乡愁："这春雨一定是/家人派来的使者……"（柿本人麻吕：《万叶集 365：89》第 137 页）

从来，我们都是在享受春天，可曾想过它是怎么来的？科幻小说选《春天来临的方式》（微像文化编，上海文艺出版社 2022 年 1 月版）中一篇王诺诺写的同题小说告诉我：春天，需要我们带回来，需要到北溟把偏离方向的地轴拉正。为此，很多人要变成"大鱼"承担这个使命。一个轮回要八千年，广阔的心，广阔的爱，才有人间海棠花开……我被它深深地打动了：春，不是从天而降，是要我们肩负使命带它回来。

2022 年 3 月 22 日凌晨一点

说吧，记忆

——悠悠往事尽在书中

"追寻逝去的时光"，不仅是一部名著，还是拨动心弦的话题。"我把夜的绝大部分时间，用来回想往日在贡布雷姑婆家，在巴尔贝克、巴黎、冬西埃尔、威尼斯，还有在别的地方的生活，回想那些地方和我在那儿认识的人，以及他们留给我的种种印象，或者人家对我讲起的有关他们的事情。"（［法］马塞尔·普鲁斯特：《追寻逝去的时光（第一卷）：去斯万家那边》第 11 页，周克希译，上海译文出版社 2004 年 5 月版）沉浸其中，感同身受，悠悠往事尽在书中，"回忆的闸门却已打开了"，古往今来，不知多少人书写过。

一、往事一件比一件更加美好

追忆往事，不是老人的专利，但是"我曾经历尽沧桑"讲起来的故事却更耐人寻味。捷克诗人、诺贝尔奖得主雅罗斯拉夫·塞弗尔特八十一岁时写下回忆录《世界美如斯》（杨乐云等译，译林出版社 2022 年 2 月版），他动情地说："我们每个人都会暂时停下脚步，困惑地回顾以往的岁月。在走过的人生道路上到处都有一张张可亲可爱的面庞，到处都是我们心中不停呼唤着的、渴望见到的人。"（《世界美如斯》第384页）风吹过，还有一丝凄凉，他意识到"在这世上只剩下我一个人了"，再不说，很多事、很多人都被风席卷而去。

回忆又是温暖的，苦涩中也有甜蜜。少年时代，在滑冰场上遇到一个迷人的小姑娘，情窦初开心意未表，"我"在苦练滑冰技术，"正要爱上她"并相信即将赢得姑娘芳心时，"春天抢到我的前面"，洪水让冰面早融，"姑娘随着一江春水漂走了"（第17页）。这个滑冰场消失了，大家无法来滑冰了，姑娘也就再也遇不见了，剩下的只有怅惘的记忆，直到晚年他还忘不了那些美好的时光。还有那些特殊时刻的记忆，比如，二战前，"当邻邦德国开始发出不加掩饰的初步威胁时"，住在布拉格的他与批评家波朗有一天下午，沿着滨河大道向一个族咖啡馆走去。那是个晴朗的好天气，附近的岛上树林中传来《斯拉夫舞曲》，悠扬的音乐吸引了心事重重的他们，当他们走进那片树林时，《舞曲》已接近尾声。音符"在这夏日宁静的夕照中有节奏地时起时落"，余韵不止：

我们信步走去，整个布拉格在这日夕时分也是美得惊人，光彩夺目。它是那样的富有魅力，怎不令人倾倒呢！举目望去，几步之外民族剧院在闪闪发光。另一边的赫拉德强尼宫则宛如偶尔才在我们眼前闪现的我国王冠上的一颗宝石。

战争和恐怖在逼近，已经可感，他们不敢想象这么美好的城市有可能毁于一旦——"剧院唯剩下烧焦的残

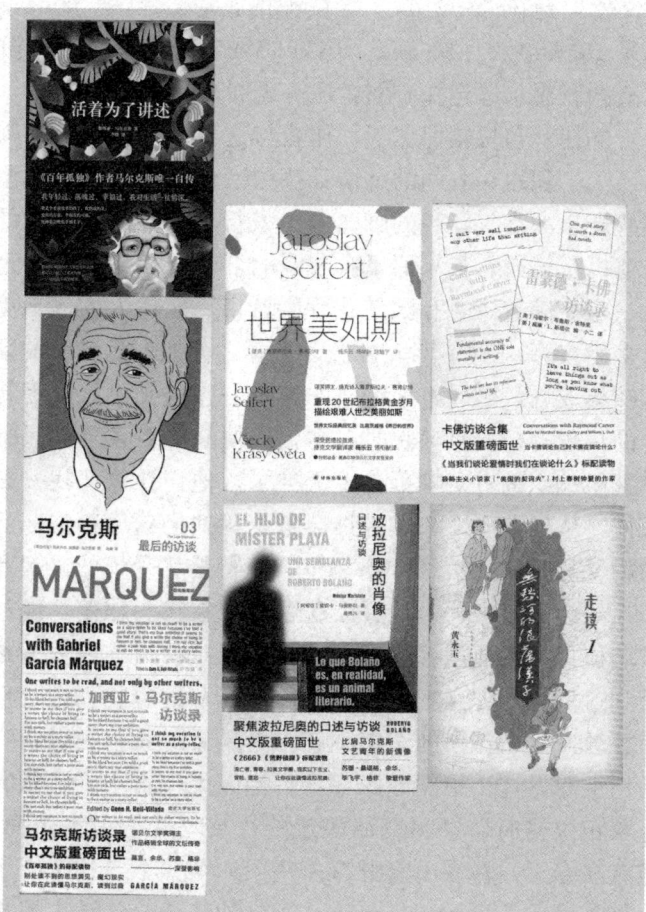

这些书也许互不相干，但是，我喜欢将相关和不相关的书放在一起来读，在一天不同的时间和心境中读不同的书。也许，生活本来就是凌乱的，我们的存在就是让"世界美如斯"。

垣断壁，赫拉德强尼宫一堆凄凉的瓦砾。"（第356页）那是1937年六月的一天，美好的城市记忆和背上一阵寒战的联想永远记在心间，还有老朋友的身影。

好在，布拉格保住了，作者与这美丽的城市耳鬓厮磨已久，积累在心间的感情日益深厚。他曾说："我熟悉那些街道的空气，我的脚能摸出人行道和非建筑地段的街道以及公园，如果那里有公园的话。"（第137页）这是一座充满着诗意和飘满花香的城市，在诗人的笔下更是多姿多彩："到了四五月份，当春之神把五色缤纷的繁花扫集成堆，微风将素馨花的芳香一直送到民族大街昔日的乌尔舒拉女修道院时，情侣们便只等着黄昏用黑暗和繁星编织的古老帷幕遮上天空了。他们在这儿找一条长椅，依偎着坐下来。有谁会来干扰他们这幸福的、两情相悦的时刻呢！"（第42页）"佩特馨，爱情的果园和恋人约会的好去处，从春天起歌声便在枝头飘荡，经过饿墙梳理过的清风，把远至克希沃克拉特树林的芬芳路带到这里，随即又席卷果园里所有花草的馨香，把它们一并散发到布拉格的大街小巷。当夏天的骄阳投射在它的树上时，这个果园光彩夺目，艳丽无比；当茫茫秋雾笼罩布拉格时，果园里那淡淡的忧伤动人心弦。然而，唯有在春天，在满山遍野雪白花朵的映照下，这个园子才真是最美不过了。"（第138页）他认为，这城市属于女性，充满柔情："它属于母亲、妇女和情人的性别。它确实是我们的母亲和情人，常被描绘成一个面带微笑、亭亭玉立的女子形象。""布拉格天空的星星当然并不比欧洲大陆其他都市上空的星星更明亮，更特殊，然而我们至今在这个城市仍能发现一些如此亲切的角落，在那里我们可以整个儿休憩身心，思考生活和徒劳无益的梦想。""在别的城市，既无这种可供沉思默想的去处，也

无这样的时间。"（第 140 页）

生活并非都是诗，不过，诗一定是置身其中的人用情感写出来的。作者不是一个蒙上眼睛沉浸在浪漫幻想中的人。"世上的一切并不尽皆美丽，诗人选用了便有生命力。"（同前，第 84—85 页）回忆滤去悲伤，那是一个人的生活态度在起作用，它决定看世界的方式和感受。作者出生于 1901 年，在他们八十五岁的生命中经历了两次世界大战和各种社会风波和动荡，却仍能以这样的文字追述走过的岁月，是那颗悲悯和发现诗意的心在发挥效用。面对自己居住过的街区的消失，他也想到往昔的苦难岁月："我从小就听惯了，也闻惯了贫穷的臭味。的确，贫穷和苦难有一股子臭烘烘的气味。然而，生活在其中的人却是怎样顽强地追求着星星点点的幸福啊！那些尘土飞扬、煤烟弥漫、街石缝里长满肮脏杂草的死胡同，它们毫无魅力可言，却也令我倾心。因为在那里我们度过了多少欢乐的时光，尽管我们并不知道什么是幸福。因为在那些岁月里我们无比热烈地生活着，却不知道什么叫作生活。"（第 85 页）这正如他所说："生活从来不会美好得总让人笑逐颜开。"（第 136 页）只有微笑着接受赐予，便心怀春风。"可是白云在我们头上飘浮。能呼吸馨香的春风，我们也就心满意足了。"（第 87 页）

还有珍惜。作者说："此刻您若听到一声轻轻的叹息，请莫要理会。那是我在回首遥远的美好岁月时发出的叹息。我们当时很幸福，却浑然不知。"（第 39 页）当你总算知道了的时候，它们都不在了，包括青春年华、美好的爱情。"时光真是无情。它飞驰而过，你什么也抓不着，留不住。一切都是匆匆流逝，奔驰的岁月从不理会人们的感伤。为了喜悦而采撷回家的野蔷薇又能对我们微笑几天？"（第 133—134 页）"人在恋爱之初往往不会意识到，爱情在他手心中停留的时间有时比一捧水流过手指缝的时间还要短。"（第 134 页）时光飞逝，这些伤痕用什么来抚平呢？用爱的信念。"生活中毕竟有一些我们所爱的事物是能够用我们的双手和心灵把它们保存下来的。因而爱也是有可能始终不渝的。"（第 134 页）回忆是爱的搜集和整理："寂静时当我回首前尘，特别是当我紧紧闭上眼睛的时候，只要稍一转念，就会看到那么多的好人的一张张面孔。在人生旅途中，我同他们不期而遇，同他们中的许多人结下了亲密的友情，往事一件接着一件，一件比一件更加美好。我仿佛觉得，同他们交谈还是昨天的事情。他们递过来的手上的温暖我还感觉得到。"（第 3 页）

"因而剩下的便唯有回忆。还有微笑！"（第 3 页）于是便有了这样一本书，有人说他堪比茨威格的《昨日的世界》。也许，《昨日的世界》比它更有时代感和历史意识，但它更充满温情，倒让我想起了《金蔷薇》。作者曾引用过泰格的一段话："艺术的任务就是创造出可以与一切世间之美相比拟的美，用令人目眩神迷的画面和奇妙的诗的韵律展示世界美如斯。"（第 385 页）这本《世界美如斯》做到了。

近年来，出版界推出大量的自传（自述）、回忆录。我手头随便翻翻，就有聂鲁达的《我坦言我曾历尽沧桑》（林光译，南海出版公司 2015 年 4 月版）、克里玛的《我的疯狂世界》（两部，分别为刘宏、袁馆译，花城出版社 2014 年 11 月、2016 年 4 月版）、内山完造的《花甲录》（曹珺红译，天津人民出版社 2020 年 10 月版）、冯骥才的《冯骥才记述文化五十年》（人民文学出版社 2019 年 4 月版），连平民百姓也有了个人的回忆，如饶平如的《平生记》（广西师范大学出版社 2021 年 9 月版）。

二、躺在床上看书令人非常享受

读大学时，马尔克斯的法律学同学把一部大部头的小说拍在桌上，如主教般不容置疑地断言道："这是另一本《圣经》。"多年后，马尔克斯在回忆录《活着为了讲述》中说："那本当然是詹姆斯·乔伊斯的《尤利西斯》。我读得断断续续磕磕绊绊，直到耐心耗尽，难以为继。如此断言，为时过早。多年以后，当我不再心浮气躁，又把它重新拾起，仔细研读时，不仅发现了自己从未怀疑过的真诚的内心世界，还在语言运用、时态安排、结构处理等文学技巧上受益匪浅。"（［哥伦比亚］加西亚·马尔克斯：《活着为了讲述》第 226 页，李静译，南海出版公司 2015 年 11 月版）阅读中这种"磕磕绊绊"和震颤的记忆都令人难忘，如卡夫卡、福克纳带给马尔克斯的震颤。在他的回忆录里，还有过"二十三本书"的回忆，那是在乡间休养时，两位朋友给他寄来的一箱书，全是西班牙语版当代名家名作，共二十三本，其中，包括刚刚面世的译本：威廉·福克纳的《村子》《喧哗与骚动》《我弥留之际》和《野棕榈》，还有伍尔夫的《达洛维夫人》、阿道司·赫胥黎的《旋律的配合》，以及海明威和博尔赫斯短篇小说集，等等。朋友"让我先读，再学着写"，并开玩笑地叮嘱："千万别剽窃得太明显。"接下来的几个月，马尔克斯如醉如痴，把这些书通读了一遍，当时他正在构思自己的长篇小说却卡壳在某处，经过这番阅读，"我终于走出了文学创作的瓶颈"（同前，第 326 页）。

写作中有一个标杆在前面，是目标也是启发，这种

影响在任何一个作家的身上都有，卡佛在接受提问"刚
开始的时候你有没有通过模仿来学习写作"时，是这么
回答的：

> 我从来没有这么做过，但一些作家曾对我有过重大
> 的影响，至今仍然是这样，举几个例子，像契诃夫、海
> 明威、托尔斯泰、福楼拜这样的作家。我读他们的书，
> 长篇和短篇。尽管我没有想要像他们那样去写，但我肯
> 定写得更仔细了，也更好了，我觉得，因为我敬佩这些
> 人。但我心目中没有一个比其他作家高出很多的作家，
> 除了契诃夫。我认为他是有史以来最好的短篇小说家。
> 伊萨克·巴别尔是另外一个绝妙的作家。他用两三页就
> 可以写出一篇精彩绝伦的"小小说"。（尼古拉斯·奥康
> 奈尔：《雷蒙德·卡佛》，［美］马歇尔·布鲁斯·金特里
> 等编：《雷蒙德·卡佛访谈录》第 215 页，小二译，南京
> 大学出版社 2021 年 7 月版）

在回忆录之外，这些名作家还接受了很多采访，这
些访谈也是作家另外一种自述，相对于写作的作品，他
们的回答也许更为直白，在追问下也吐露很多平时不愿
意吐露的秘密。近年来，作家、学者的访谈录也是出版
中颇受人瞩目的一个方面。中信出版社 2019 年 6 月曾
推出"最后的访谈"系列，包括海明威、博尔赫斯、马
尔克斯、波拉尼奥、冯内古特、大卫·华莱士等人的访
谈。南京大学出版社"守望者·访谈"系列也出版了马
尔克斯、卡佛、波拉尼奥的访谈录，计划中还有汉娜·
阿伦特、李安等人的访谈要加入。这些访谈有作家的
回答，也有访谈者第三只眼睛的观察，如有访谈者这样
记述马尔克斯：在电脑前不是写作，而是上网浏览着世

界新闻，他们刚见面，他就突然抓住访谈者的手低声问道："老实讲讲，你们到底付给了我妻子多少钱？"（哈维·阿延：《"我已停止写作"之最后的访谈》，2006 年，《马尔克斯：最后的访谈》第 64 页，汤璐译，中信出版社 2019 年 6 月版）价格绝对不低，据他的传记作者杰拉德·马丁透露，半个小时五万美金，而且老马对钞票不想再"伺候"了，拒绝采访。（［英］杰拉德·马丁：《马尔克斯的一生》第 1 页，陈静妍译，黄山书社 2011 年 9 月版）

　　这是做了大名人的好处还是烦恼呢，谈到这些，马尔克斯说："获得诺贝尔奖唯一的好处可能就在于我不需要排队。一旦他们注意到你在队伍中，就会邀请你直接站到队伍的最前面。"他"凡尔赛"的苦闷是，有一位朋友把他的信卖给了图书馆，"自此之后，我就不再写信了。名气对我的个人生活来说是一场灾难"（斯特赖特费尔德：《一枚情书专属印章》，《马尔克斯：最后的访谈》第 45 页，汤璐译，中信出版社 2019 年 6 月版）。话说他曾驾车到哥伦比亚的某个小镇采访，"但到了第三天，我很快意识到，哥伦比亚所有的记者都聚集在那儿看着我做这件事，我，变成了新闻本身"（同前，第 46 页）。前四十年做什么都不成，没钱、没名气、没人理。《百年孤独》后，变了，"不必依赖任何人就能继续活下去了"，新的烦恼来了："早上必须骑自行车。饮食遵守没完没了的特别规定。前半辈子吃不上我想吃的，因为买不起，后半辈子吃不上我想吃的，因为得节食。"（玛丽斯·西蒙斯：《加西亚·马尔克斯论爱情、瘟疫和政治》，［美］吉恩·贝尔-维亚达编：《加西亚·马尔克斯访谈录》第 300 页，许志强译，南京大学出版社 2019 年 7 月版）听闻这些甜蜜的烦恼，老马在我们面前的形象更真实了。

　　写作，也成为被出版商、媒体和读者围追堵截的事情，终于有一天，生病了，暂时不必写作了，老马得意扬扬地告诉采访者："我发现了一件令人非常享受的事，那就是躺在床上看书！"（哈维·阿廷：《"我已停止写作"之最后的访谈》，《马尔克斯：最后的访谈》第65页）很多作家都是阅读狂人，终生的习惯。波拉尼奥也是这样，他去世后，有人写过一本《成为波拉尼奥前的波拉尼奥》，其中，谈到波拉尼奥："那时，他是个十八九岁的小伙子，……没日没夜地在家里阅读、阅读，从卡夫卡到艾略特，从普鲁斯特到乔伊斯，从博尔赫斯到帕斯，从科塔萨尔到加西亚·马尔克斯，阅读的同时，不停地抽烟、喝茶，不停地与自己或是和他人（包括我）置气，不停地与整个世界对抗，然而他的怒气与他苍白的面孔、光洁的下巴，还有智慧而早熟的眼神格格不入……"（［阿根廷］莫妮卡·玛丽斯坦：《波拉尼奥的肖像：口述与访谈》第10—11页，鹿秀川译，南京大学出版社2021年7月版）他的父亲也说："他唯一关心的就是书。"（同前，第16页）这本《波拉尼奥的肖像：口述与访谈》，自述之外还有亲友的不同侧面的回忆，让这位躲在长篇巨著《2666》之后的作者形象渐渐饱满地走了出来。看到他的情人卡门·佩雷斯·德维加对波拉尼奥最后时光的描述，更是让我感觉到一个人的世俗之乐是多么重要："我认识他时，他一直在很认真地服药，尽管他很喜欢美食，但因为生病，还是在饮食方面非常注意。罗贝托在最后的时间里享受的事情之一就是能吃一顿丰盛的晚餐，再伴随一段愉快的谈话。"（同前，333—334页）

　　波拉尼奥的阅读书单中有马尔克斯的名字，这令我想起在马尔克斯要荒废学业时，母亲试图给他寻找的道路："听说若是肯花心思，你能成为优秀的作家。"马尔克斯当时断然回答："要当就得当最一流的作家，这年头，出不了什么大师。"（[哥伦比亚]加西亚·马尔克斯：《活着为了讲述》第217页，李静译，南海出版公司2015年11月版）那一年，他十八岁，少年狂妄也不能想象终于有一天自己侧身大师之列。在他们的访谈、自述中，我似乎能够找到他们成为大师的理由，比如，马尔克斯说："我想是年龄使我认识到，情感和柔情，发生在心里的那种东西，终归是最重要的。但在某种程度上，我所有的作品都是在写爱情。"（玛丽斯·西蒙斯：《加西亚·马尔克斯论爱情、瘟疫和政治》，[美]吉恩·贝尔-维亚达编：《加西亚·马尔克斯访谈录》第300页）这种对尘世对人生的"情感和柔情"，甚至是痴情，不恰恰是他们源源不断的创作源泉吗？

在接受采访时，谈到"文学能在多大程度上帮助读者理解他们的生活"，卡佛说了这么一段话：

我读过一些东西，特别是在我年轻的时候，它们让我明白了自己过着非常不体面的生活。我以为可以改变自己的生活，我以为放下书本后必须去改变自己的生活。……我觉得文学能够让我们意识到自己的匮乏，意识到生活中那些贬低我们的东西，那些已经贬低我们的东西，能让我们认识到成为一个人、超越自己、让自己变得更好所需付出的代价。我觉得文学能让我们意识到我们并没有活到自己的极限。（戴维·塞克斯顿：《对话雷蒙德·卡佛》，《雷蒙德·卡佛访谈录》第197—198页）

成为一个人，超越自己，这是文学多么美好的功用。

三、口味、分量和仪式的单纯

"有这些书陪伴自己，天塌下来也顾不上了。"(《无愁河的浪荡汉子·走读1》第131页，人民文学出版社2021年8月版)书是陪伴张序子走过千山万水的好伙伴，在福建南安教书的他见到骑脚踏车的卖书郎喜不自胜，当场买了师陀的《果园城记》、朱洗的《蛋生人与人生蛋》、朱洗翻译的《互助论》，还预定了雷马克的《流亡曲》《凯旋门》……序子的这一程被命名为"走读"，读书，读人，也读大地万物、大千世界。

长长的回忆如同流不尽的"无愁河"，创造这一奇迹的是年近百岁的老人黄永玉先生。十年前起，从"朱雀城"出发，历经"八年"，继续"走读"，长河小说《无愁河的浪荡汉子》已经有两百万字的壮大规模。作者曾感慨：倘若（沈）从文表叔和朋友萧乾在就好了，我的理解，表叔是与作者拥有同样"故乡思维"和情感的人，而老友又是《尤利西斯》中文本的译者，他们应当能理解和欣赏这条大河的风景。平常的一句感叹，让我体会到作者的苦心和雄心。不止这两位，其实有很多读者陪着这条大河走了很久，到《走读》这一卷，踌躇满志的张序子来到上海已经都成了大家熟悉的朋友。

序子是谁？小说的主人公，他可能不是百分之百的黄永玉，却承载黄永玉百分之百的回忆。一位饱经沧桑的老人回望来时路，梳理自己成长的心，他的眼光中有着天真、顽皮和悲悯。我惊叹于黄永玉记忆力之强，似乎没有放过往昔每一朵泪花，也没有丢失一滴昨夜的露珠。这部大书有各种各样的读法，以两部《走读》而言，各地之风情可观，出现在黄永玉笔下的人物亦可赞，冯雪峰、巴金、李健吾、唐弢、臧克家、陈敬容、黄裳、汪曾祺、李桦、庞熏琹、章西厓、麦秆、陆志庠……这有名有姓的历史上也有据可查的文学界、艺术界的人物也有百八十号吧，个个有来历，人人有特点。这书正读看时代气象、人世大千，感气势磅礴；侧读又可品千滋百味，觉妙趣横生。

找一个让人垂涎三尺的角度，看看序子来到上海吃了什么吧。在序子走过的地方，上海算不得美食之乡，却是中西荟萃之地，1940 年代下半期的人们，刚刚经历过抗战之苦的人们，吃什么呢？几个文艺青年，也可以说穷光蛋，他们的晚饭是包子、大饼、面包。中午序子自己在家，"巷子口外头卖的东西都吃过，糯米包、芝麻糖、油条、豆浆、阳春面、汤团、生煎馒头……"（《走读1》第 147 页）对于"生煎馒头"序子很有意见："明明是有馅的生煎小包子，硬说是馒头。"（同前，第179 页）阿湛在南京路的新雅酒家请客，他们吃的是叉烧包、莲蓉包、豆沙包、虾饺，等等。（同前，第 205页）序子花"二元四角"在红房子请林景煌（单复）吃牛排和奶油汤套餐，还有咖啡喝，不过，"这杯洋药"没喝出什么味道来。（同前，第 241 页）——到十里洋场，很多洋货洋名让序子哭笑不得，也闹过望文生义的笑话："中饭是'热狗'和咖啡。序子差点闹出笑话，以为还有狗肉好吃，原来是腰子形面包夹着根美国香肠。不难吃，还准备了芥末和辣酱任人加减。"（同前，第303 页）他们到狄思威路的庞熏琹先生家参加过美术家、作家协会聚餐会，吃的是自助：鸡块、焖鸭、焖小鳜鱼、炖牛肉、红烧猪肉、炒面、炒饭、炒菠菜、酸黄瓜、虾仔粉条、肉包子、豆沙包子、酸辣汤。在法租界吃的一次俄国大餐是 AA 制，每位八角钱，菜单是：开味小头盘，咸橄榄或甜酸黄瓜片；罗宋红菜汤；大面包两片（黄油一小碟）；炖牛肉饭，或鸡腿饭，或猪脚饭，或猪肠饭，任选；咖啡或茶。多年后，黄永玉的评价是："口味、分量和仪式的单纯，价钱的公道，都让大家对饭馆产生敬仰。"（同前，第 245 页）

麦秆的太太闽生大嫂过生日，序子、余白墅、赵延年、章西厓他们去庆生，吃的是福州"汤席"八大盆汤。（《走读 2》第 174 页）山西的面食也有，四川路底的晋阳春，猪脚面、猪腰花面、太原府甲醋面。（同前，第 212 页）最为传奇的是叶苗带着序子从大名路走下去，到了住在旧战壕的吉卜赛人一家吃清焖羊肉、焖鹅、牛肉红菜汤，那羊肉的味道，后来序子比遍五湖四海的美味也没有找出第二份，吃完了，吉卜赛人还载歌载舞一顿热闹，好像一场梦的奇遇。（同前，第 44 页）美食大全，这张菜单还在拉长，开木刻展卖了画，酬谢老外和朋友，吃湘西五香炖牛肉、芥末白片肉、仔姜焖鸭、香酥鲫鱼，还有凉拌韭黄、糖醋小萝卜等。轮到湘西吃食，黄先生的激情和手艺都伸展出来，菜谱直接写到小说里：

先把牛肉切成火柴盒大小均匀碎块，铁锅内稍许倒一点油，活动锅铲，让熟油遍布锅底，免得生肉粘锅。耐心等生牛肉出水，随出随取，直至闻到甘香肉味，起锅。将全部牛肉铲存钵内。

洗锅。锅干后倒二两油，放花椒、干辣椒（为了取香不是为了辣），红砂糖一匙，细盐一匙，冒烟后倒姜片和青蒜猛炒，趁热锅倒入牛肉来回翻炒，观看到每粒肉球染上金黄颜色，加八角二粒，倒老抽小半碗，料酒三匙，热火喧天之际加水漫过肉面，翻滚后五分钟全部起锅入钵（要点：不要太熟，否则第二天加热后稀烂上席没有嚼头）。（同前，第 77 页）

不能再抄下去了，尤其在深夜里。试问黄先生这"秘方"做出来灵不灵？这道菜，我没有吃过，倒是吃过他另外的"创新菜"，味道还不错。再问，这小说里，吃的东西写得如此清楚，出自记忆，还是纯属"小说家言"？我想所有的虚构也是有现实来源的，记忆的底子必然是有的。那么，又可以追问了，作者何以记得如此清楚？我想在承认大脑的差别之外，还有境遇使然。序子在上海滩，两手空空，只拿木刻和画画讨饭吃，吃了上顿不知道下顿在哪里，真是"家常便饭"，如此你理解了吗，倘若还有好吃的，那一定是比木刻还入木三分刻在记忆里啊。《无愁河的浪荡汉子》，是成长史，也是一部流浪史。血泪啊，只不过作者把那些泪压了回去，讲了更多温馨的故事给我们。世界太冷，我们要把心窝子里的温暖掏出来。

钱锺书不信任自传，借"魔鬼"之口宣扬"自传就是别传"："现在是新传记文学的时代。为别人做传记也是自我表现的一种；不妨加入自己的主见，借别人为题目来发挥自己。反过来说，作自传的人往往并无自己可传，就逞心如意地描摹出自己老婆、儿子都认不得的形象，或者东拉西扯地记载交游，传述别人的轶事。"（钱锺书：《魔鬼夜访钱锺书先生》，《写在人生边上·人生边上的边上·石语》[钱锺书集] 第 9—10 页，生活·读书·新知三联书店 2002 年 10 月版）记忆是不可靠的，叙述记忆的动机也是"各怀心事"的，卡佛甚至认为都是据实招来，那一定味同嚼蜡："我想象、我回忆、我组合像所有好作家那样。作家不能写严格意义上的自传，不然的话那会是世界上最无聊的书。但你从这儿取一点，从那儿拿一点，于是就像从山上滚下来的雪球，它沿途收集所有的东西——我们听到的东西……"（戴维·塞克斯顿：《对话雷蒙德·卡佛》，《雷蒙德·卡佛访谈录》第 201 页）

但是，这不足以构成否定回忆、自述的理由，何必都把它们当作呈堂证供来看呢。作为心灵的表达、文学化的叙述，它们同样也是历史的见证、时代的光影、个人的鳞片，更何况，这样的表达，有时候还以经历传达一种信念。这让我不由得想起茨威格的《昨日的世界》，他在序言里说，并非把个人看得多么重要才写，"只是由于我在写此书之前所发生的许许多多事情远远超过以往任何一代人所经历过的事件、灾祸与磨难"，才鼓起勇气写的。他不无沉痛地写道："我成了理性遭到最可怕的失败和野蛮在时代编年史中取得最大胜利的见证人；从未有过像我们这样一代人的道德会从如此高的精神文明堕落到如此低下的地步——我指出这一点，绝非出于自豪，而是深感羞愧。"（[奥]茨威格：《昨日的世界：一个欧洲人的回忆》第 1、2 页，舒善昌译，生活·读书·新知三联书店 2018 年 6 月版）茨威格 1940 年写完这部回忆录，未及出版，1942 年初便愤然离世，他用最后的生命写下自己的人生，并以此捍卫自己的记忆和价值，这个时候，我又能感觉到那么多温暖的充满柔情的记忆里也有一种坚韧和刚强。

2022 年 3 月 28 日上午写完

书卷消夏，岁月涌到眼前

1. 给生命留有更多余地

渴望风，不是来自空调，或许，自瓦尔登湖而来。即便没有风，远眺一汪湖水、一片茂密的森林，这世界也清凉了。梭罗说："第一年夏天，我没有读书；我种豆。"他不忙，"我爱给我的生命留有更多余地"，夏天的早晨，坐在阳光下，或林木间，凝神沉思，听鸟鸣，直到夕阳西下。"虚度岁月，我不在乎。"（《瓦尔登湖》第 127—128 页，徐迟译，作家出版社 2022 年 6 月版）这种超级凡尔赛，已让人哑口无言，梭罗还不忘补上一刀："……我的生活本身便是娱乐，而且它永远新奇。"

每一个现代都市人，都有一个梭罗吧，又深知自己不是金钱、时间和心情的土豪，便也很难给生命"留有更多余地"，人们被绑在所谓的生活上又没弄清生活的滋味。徐迟先生在《瓦尔登湖》序言中介绍，梭罗生前只出版过两本书，第一本是 1849 年自费出版的《康科德和梅里麦克河上的一星期》，一千册卖出二百一十五册，送掉七十册，其余都堆在家里，欠债还了好久。第二本书就是《瓦尔登湖》，也没有多少人注意，还遭到两位作家的批评。人生多艰，没有刻意饶过谁。只是，梭罗做梦也想不到，他的书后来成了常销书，一印再印，有人还专门搜集《瓦尔登湖》，看照片，一个书架都塞得满满的。正在我手头的是作家出版社的最新印本，漂亮的精装，还配有美国木刻大师 Thomas W. Nason 四十二幅版画，让瓦尔登湖、山林近在眼前。

有人说，把梭罗当作隐士是个误解。那么，归隐终南，也是黄粱一梦吧。拿到贾平凹的《秦岭记》，我想书里能有终南隐士的故事吧，找了半天并没有找到。这本笔记体的小说里，写出的秦岭各处不乏桃花源的姿色："从岔口到岔垴，没有大树，梢林也稀稀落落，却到处能见到桃李、迎春、杜鹃、篱子梅、蔷薇、牡丹、剑兰、芍药，还有黄菊、蒲公英、白营、呼拉草。每年清明节后，南风一吹，四季都有花开。"（《秦岭记》第33页，人民文学出版社 2022 年 5 月版）诗情画意，不过已经不是大唐时代的秦岭了。村人们出去谋生，老弱留守，还有不可违逆的天道与人道的较量："二〇一〇年大旱，苞谷和黄豆无收，冬麦种下出不了苗，草木不再开花。二〇一一年还是大旱，养蜂人逃离，蝴蝶成堆死去，梢树林子起火。二〇一二年春天只说天降甘霖了，却是大雨成潦，老鼠列队过路，蛇在树上扭结有碗粗。粮食短缺，物价上涨，萝卜卖成了肉价。五十多年未见过的狼也出现了，月亮地里嗥叫，像人在哭。"（同前，第35页）……贾平凹写了不少神神鬼鬼、灵异事件，却又不动声色地描画当代的、现实的秦岭，寻隐者不遇，所见多为挣扎着、生存着的生命，以及郁郁苍苍、默默无言的大山。

231 / 书卷消夏，岁月涌到眼前

2. 一家人坐在院子里

江南的三伏天，"热"得霸道却也不失趣味。"街坊叫卖凉粉、鲜果、瓜、藕、芥辣索粉，皆爽口之物"，还有卖凉冰的，"或杂以杨梅、桃子、花红之属，俗称'冰杨梅''冰桃子'"。一种香气也从纸面透出："茉莉花则去蒂衡值，号为'打爪花'。花蕊连蒂者，专供妇女簪戴。虎丘花农，盛以马头篮，沿门叫鬻，谓之'戴花'。"（顾禄：《清嘉录》第 188、190、191 页，江苏凤凰文艺出版社 2019 年 7 月版）这个习惯至今犹存，下班路过陕西南路地铁站时，常见阿婆提一篮茉莉在卖，花的香气和阿婆沧桑的笑容混合在一起，温暖了那些潮湿的日子。可惜，今年我错过了。

侯磊的《北京烟树》（北京十月文艺出版社 2022 年 1 月版），写北京今昔、记忆内外，胡同岁月，一日货声，从街面到澡堂……相比高楼大厦的帝都，这个北京更柔软、温暖又可触摸。他记各家房顶的野草，也是我喜欢的风景。北方的夏天，饮冰自不可少。"小时候最喜欢的季节是夏天，能吃冰棍，还能在院子里的豆棚瓜架下乘凉。右手持着冰棍，左手翻看一册小人书或小说，这是一个多么美好的午后。我曾一口气连续吃过五根小豆冰棍，看完大半本厚厚的《钢铁是怎样炼成的》。"（第 279 页）侯磊还写到妈妈带他吃杏仁豆腐、奶酪，各种口味的水晶糕、可可儿糕。以冰解暑，据说不大符合养生学，没有办法，人更忠实于感觉和记忆。记忆中的感觉、味道、氛围又与具体的人、心情、经历密不可分。夏夜里的另外一个场景也终生难忘：

等到了傍晚时，一家人都坐在院子里，地上摆着地

夏天，炎热，尤其是 2022 年夏天，简直极热。也好，人们可能都不活动吧，我反而读了不少书。

桌，人坐着小马扎，地桌上满是堆如小山的葡萄、桃子、李子和大碗的茉莉花茶，脚底下揉着被我喂得肥胖如球的大老花猫，水池里还冰着西瓜，还可以爬上房顶去看月亮。（第279页）

记得要离家读高中的那一年夏天，我们家也几乎是夜夜如此，吃物是花生、玉米、葡萄、香瓜，旁边趴的是大黄狗。直到十年前的夏天，爷爷去世，这些场景只能永远封存在记忆的冰柜中了。

3."历史"的真实状态

不能出门度假，不能去旅行，终归是一个遗憾。不过，侯磊的书中曾引了一首清代的岔曲《夏》，第一节是这样的："书卷消清夏，远尘嚣长昼多暇。不羡那冰桃雪藕，沉李浮瓜。唯爱这满窗槐荫扶里，一枕黄粱日已斜。"书可以带我们远游。

旅行的书，近年出得越来越多，从文字的，到图片的，甚至手绘图的，诱惑了很多不安分的心。堀田善卫在1970年代末曾在西班牙阿斯图里亚地区一个叫安德林的村庄住过，那里有山有海，他在这里却不去海水浴，不晒日光浴，也不去钓鱼，村民觉得这不是在浪费美好的自然资源就是漠视，这怎么行！于是，一定要带他到远远的山谷里看风景。车在山中走，一路上胆战心惊，但是最终却看到了罗马时代铺的石板路和小桥，这下子堀田兴致大增，他感兴趣的是历史。《西班牙断章》（黄象汝译）、《热情的去向》（陆求实译，两书均为浙江文艺出版社2022年4月版）两本书，不是人们想象的那种游记，它写的是人文地理，打开的是西班牙的历史、宗教、族群、革命等问题。对于历史，作家显然有自己的看法："'历史'不是编年史。所有的东西杂乱无章地蓄积在一起，而从这蓄积中感悟出什么才是关键所在。"他还强调："那些难以用语言述说的东西和人们平凡的当下生活，才是'历史'的真实状态。"(《西班牙断章》第63页)这是作家眼中才有的历史观，他更重视感受而不是推理、判断，他更重视的是人和生活，而不是事件和数据。读这两卷书，我认为比那厚厚的历史专著更能直接认识西班牙内战时人们的"当下生活"和"真实状态"，原本始终也弄不清楚的各派主张和行为，很快就一目了然了。

我注意到作者曾感慨历史的隐蔽，几十年过去了，孙子完全说不清楚奶奶藏的一张内战时期的传单是什么意思，对于战争给双方带来的痛苦记忆几乎一无所知。然而，作者也不断地解封历史，从遗迹、史料乃至寥寥可数的当事人那里。人们的这些努力，又让我有信心认为：历史掩藏不住，它必将走出迷雾，走向人们的内心，也以某种方式存在于当代生活中。正如作者所言："只要你生活在这个国家，四十年前的记忆对任何一个人而言都是无法忘却的，它会时不时地涌上心头，让你一次次地咀嚼回味。"(《热情的去向》第51页)

4. 海妙极了，蓝色的温存的海

"强烈的阳光加上滚滚热气，令汽车的金属部件烫得我不敢触碰。成片的玉米地在阿斯图里亚斯地区也常见，除此之外，这里还有一大片望不到边的向日葵在缓缓地泛着金波，在玉米地和向日葵地之间有一大群羊正在吃草。"(《西班牙断章》第42页)热情的西班牙，如此美景，我总觉得被堀田善卫过多的"思考"给辜负了，特别是他固执地错过了大海，炎炎夏日，阵阵海风，比黄金还宝贵。我不禁为他叹气。

契诃夫显然比堀田善卫更解风情。他在书信中写道："在费奥多西亚没有树，也没有草，无处藏身。只有一个办法——游泳。我现在就游泳。海妙极了，蓝色的温存的海，温存得像是纯真少女的头发。在海边就是住上一千年也不会感到厌烦。"（转引自顾春芳《契诃夫的玫瑰》第47页，译林出版社2021年8月版）他在雅尔塔的别墅，能望见大海。这是他一生中最后一件作品，契诃夫与设计师一起规划、设计，又亲自种花种树：樱桃树、梨树，还有他喜爱的玫瑰花，有一百多株。契诃夫曾对造访的作家库普林说："这里曾是一个荒野，长满了野草和野蓟。我驯服了这片荒野，把它变成了一个美丽的花园。"（同前，第193页）他甚至不无得意地说："如果我现在放弃文学，做一位园丁，那将是一件非常好的事，那会让我多活十来年。"（同前，第193页）深爱着大自然，他的心灵在自然中得到舒展和安宁，正如他的小说《套中人》所写："人在月夜见到广阔的村街和村里的茅屋、干草垛、睡熟的杨柳，心里就会变得安静。"（同前，第106页）

顾春芳的这本《契诃夫的玫瑰》是一本特殊的契诃夫人生传记，她从契诃夫对草木、自然、土地、庄园的情感角度出发，勾勒出契诃夫不同阶段的人生大事和居住环境，以及这样的环境与个人情感、心理、写作之微妙的关系。全书充满着对契诃夫的感情，文字细致又洒脱，书印制也很精美，那些美丽的图片把我们直接带到了那片遥远的土地中。契诃夫一辈子都为生活所累，为疾病所苦，作品中写了那么多灰色的人生和诸多不得意，然而，《契诃夫的玫瑰》让我们置身在草木繁盛的花园里，看到了契诃夫生命中色彩斑斓的另外一面。这些更让我坚信一个伟大的作家必然是这样的双面体：他有着观察社会的冷峻目光，又有着热爱生活的炽热情感。热爱生活，不是概念的，总体的，而是具体的，细微的，就像契诃夫对待一草一木，就像他打理花园付出的汗水和心情。

第二次世界大战中德军占领克里米亚后，曾经驻扎在契诃夫的雅尔塔别墅。他们住在一二楼，契诃夫的妹妹玛丽雅住在三楼，她艰苦地维护着哥哥的遗存不被破坏，直到战争结束。有一个未曾出现在顾春芳书中的延伸情节：1954 年 7 月 24 日，一个特别炎热的夏天，一位中国作家来到这里，作为契诃夫纪念馆馆长的玛丽雅接待了他，还送给了他签名照片。中国作家回赠了契诃夫喜剧演出的剧照和木刻画像。这位作家就是巴金，他还曾在莫斯科见过契诃夫的夫人。回国后巴金写了一本《谈契诃夫》，详述了他出席契诃夫逝世五十周年纪念活动和参观三个契诃夫纪念馆的情况。在巴金的笔下，雅尔塔的海滨浪漫又迷人，而今天，它更令人惦念：

二十三日晚饭后我和沙夏在雅尔达海滨散步。我第一次来到黑海边，呼吸南方的夜气，我感到非常愉快。海滨马路相当宽，路灯照亮得像在白天一样，可是行人却比在白天多。人们穿得整整齐齐、三五成群地来来往往，有说有笑，或者低声唱歌。微风吹动了路旁的马樱树，送过来手风琴的快乐的声音。（《印象·感想·回忆》，《巴金全集》第 14 卷第 315 页，人民文学出版社 1990 年 3 月版）

5. 散步去，慢慢地……

"对一个真正的渔夫而言，钓不钓得到鱼，钓到大鱼还是小鱼，这些都不重要，重要的是享受垂钓中无限的意趣。"（转引自《契诃夫的玫瑰》第102页）契诃夫曾对友人说的这番话，在另外一本书中得到了完美的阐释：在日本，有一位上班的先生，大约是为明媚的春光所吸引吧，有一天在公司的前一站就下了车，他走进小巷，闻到玉兰花香，看到悠闲的猫，感觉有点找不到方向时，一片河滩吸引了他，便沿着河滩走。他见到一位老者在钓鱼，问："这能钓到东西吗？"老者淡定地回答："这个嘛……我也不清楚。"接着又补充：最好什么也钓不着。我只是喜欢这个地方而已。太阳好的时候，我就来这儿摆摆样子……让这位先生醍醐灌顶的是老者的这句话：我这辈子已经忙够了，可以了。这样就挺好的，慢慢来呗。

"慢慢地……"这是谷口治郎编绘的这本《散步去》（伍楚译，北京联合出版公司·后浪出版公司2017年6月版）的要义。书里面，一个戴着眼镜的男人，牵着一条叫小雪的狗，在自己家的周围，经常是"慢慢地"、无所事事地散步。从下雪了，下雨了，到樱花落如雨；从星空到拂晓，从街市到海边，他不慌不忙，不知道看到多少身边的风景，又倾听着花开花落的声音，感受着自己脚步的节奏，生活满满堂堂。这些街景并不都是古典的、宁静的，也有咣当咣当的电车声，然而它们都是生活中与我们朝夕相处的事物，换一种心态看，一切皆可喜。诗何必在远方，不可以在我们的近前的日常生活中吗？桃花源不可以在家中的露台上吗？我放下书，去露台上闻闻金银花的香，看看三角梅的艳，欣赏自己长出来的一年蓬朝气蓬勃，还有我从荒野特意挖回来的车前子的叶子已经又宽又肥……以满溢之心面对岁月之凛冽，抹掉了好多时光利刃留下的伤痕。

后浪出版公司推出不少"图像小说"，也有《散步去》这样的漫画书，《散步去》三年半不到已经第七次印刷，可见很受欢迎。我最初买来是聊借画图怡倦眼，休息时闲翻翻，想不到读着读着竟然生出很多感慨。特别是看画图中那些街景，都是低矮的房屋，视线很好，没有高楼的压迫感。有几幅画面，主人公在高处俯视街市，或在树上远眺，看到错落有致的屋宇，让人顿生在人间的世俗之恋。作者的散步观也值得注意：他看重那种自由的、无目的的散步，不为时间所束缚，"还讲究心情闲适。散步时，偶尔的立足停顿也是必须的"。我欣赏这样的境界，感觉比为了锻炼身体的机器人似的快步走，更有益身心。这是一种精神的解放和放松，恰如作者所言："随意地出门散步时，不知什么原因，从那一瞬间开始，时间的流逝开始变慢。自然而然地，心情也变得丰富起来，重新发现那些被人遗忘的、令人怀念的事物，就连云彩的变动也让人感到心情愉悦。看到路边的杂草和小石子，也会产生不一样的感受。有时候我想，或许，在散步时也能体验到小小的旅行。"（第226页）日常生活过于惯常和熟悉，常常为人熟视无睹，其中用心观察、体会，一点点细微的事情也回味无穷。这是多么能让人心领神会的道理啊，珍惜日常，在时光中"散步去"。

秦岭中有一条汶河，曾是河床最陡、流速最急的河，沧海桑田，逝者如斯夫，半个世纪前，它就干涸了。河边的村子，"两条竖巷三条横巷的，但已经很少见到年轻人，活动的只是些老人"。有两位老人，在这里生活一辈子，"他们相约着会一块去放牛。牛也是老得步履趔趄了，镇上的屠宰场曾经来收购过，他们很愤怒，骂人家是谋杀。现在，风和日丽，他们吆着牛去河滩吃草了"。这是贾平凹在《秦岭记》中讲述的一个最有温情的故事："牛在吃草，他们会坐在河里的白石头上，相互很少说话，坐着坐着就打盹了，脑子里却追溯着以前汶河的景象。那是满河的水啊，汹涌而下，惊涛裂岸。风在水上，浪像滚雪一样。"白云苍狗，往事悠悠，"遗憾的是，他们谁也没有去过青埂山上的汶河源头看看，只说以后会有时间的，没料河说干涸就干涸了，一晃人就老了"。（第 65 页）

炎夏午梦，一枕黄粱，醒来手里还捏着书，那些来来往往的记忆就像两位老人坐在河边打盹时所想。"一晃人就老了"，迷迷糊糊中，我有些心酸。又觉得，自己可以把时钟拨慢，这样，春夏秋冬的人间美景就看也看不完。

2022 年 7 月 18 日凌晨两点半

获得一颗智慧的心

——读保罗·乔尔达诺的《新冠时代的我们》

保罗·乔尔达诺身处罗马，新冠疫情暴发时，和大多数人一样，只不过把它当作报纸头版角落里的一则消息。没有想到，仅仅过了一天，它就占据了头版头条，并长居于此。即便这样，新冠还不过是一组统计数字，没有想到很快朋友们的聚会就有了忌惮，接着"从未想过要按照民防部的新闻简报来安排每一天的生活"（本书第1页）……作者记下了这一过程，直到罗马封城，这就是中译本译作《新冠时代的我们》（［意］保罗·乔尔达诺著，魏怡译，上海译文出版社2021年1月版）的小书。有报道说，去年3月26日，来不及印刷、装订和发行，它就先期以电子书的形式在意大利、西班牙和英国推出，二十天后，纸面书也匆匆上市。那是世界疫情的至暗时刻，人们迫不及待地要从书中寻求感同身处的呼应吧。

禁足在家，行动受阻，时间表被打乱，猜疑、恐惧、谣言，朋友们的争论，专家们的意见不一，不信任感，内心的孤独……如此概括此书，很容易把它当作习

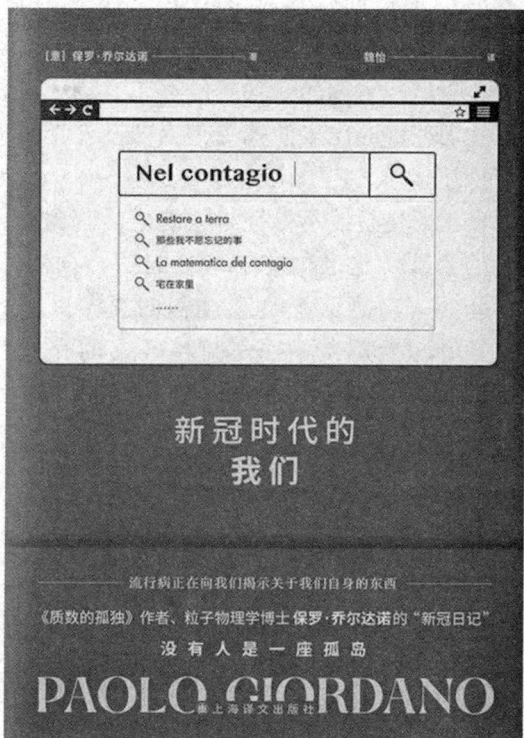

智慧，有时候不是经历带给我们的，而是心灵和头脑的产物。

见的或某些人期待的"新冠全记录"。然而，它不是，它是作者在个人体验基础上各种思考的汇集，是作者的思考清单。写过《质数的孤独》的乔尔达诺，是物理学博士，虽然现在他的作家面孔更为人熟知，可是理科生的思维和物理学"武艺"还是掩藏不住。比如，好开清单，罗列事项，更是恨不得把纷繁的生活现象变成某个明确无误的公式，这也决定了本书的基本面貌：精短，简练，自陈要害，甚至忽略对过程的描摹。作者的思考，不是正在进行时的，而是直接吐出的完成时的块垒。也好，很多问题，我们可以在它的基础上继续展开。

社会和个人都有天然的遗忘症，这就是俗话说的"好了伤疤忘了疼"吧，该书的写作就是为了防止"一旦痊愈，这些启迪就会烟消云散"，为此作者开列清单，"里面包括所有我不愿意忘记的事情"。（第3页）记事不是目的，"思考"才是主题。时过境迁，思考的结果不一定像当初那么重要，思考本身之重要性才更为重要。也许我们是被动的，新冠疫情的确提供了一个契机，正如作者所言："传染病邀请我们展开思考。这段隔离的时间正好是个机会。"（第61页）作者并非仅仅针对新冠疫情的特殊境遇，更看重当代社会的一般生活里的人类"思考"，因为无思状态早已令他忧心忡忡。"我相信这个说法，是因为人们都这么说，是因为人们习惯于不假思索去相信某些事情。"（第73页）一个个谣言在众多善良的人们之间传播，正是基于这种不假思索的习惯和不再思索的头脑。比如，有的朋友义愤填膺地讨伐某位诗人的诗文，我问他是否读过这个人的诗集或论文，答曰：不曾。那么，你的气愤和"正义"来自何方呢？不说也知道，仅仅是某篇网文的摘引和他的"不假思索"。——这已经成为微信时代的社会病。该书作者最为担心的是，雨过天晴后，我们每个人也不假思索地风情浪静了："我害怕一切归零，但同时也害怕结果与之相反：这害怕到头来只是枉然，没有带来任何改变。"（第28页）2020年不能白白经历，即便不立即思考改变，也亟须改变我们的不思考！

乔尔达诺一再强调："目前疫情引发的一些思考仍将有效。因为我们面对的并非偶然事件，也不是一种惩罚。它绝非新生事物：它过去发生过，今后也还会发生。"（第14页）面对特殊的境遇，做常态化的反思。反思什么？本书作者提示："思考正常状态阻止我们思考的事情：我们是如何走到了这种境地，以及我们希望如何恢复正常的生活。"（第82页）什么境地，又如何正常生活？继续以前那样东奔西走、疯狂追求速度、效率、里程的生活，还是另有其他？作者敏锐地意识到，封城不仅没有让他的"工作"停顿反而没有停歇地加强了，新的通信手段让工作时间完全不受限制，这种"狂热"引起他深深地警惕："工作侵占了每一个清醒的时刻。产能是一样我们似乎无法停止的东西，它是我们共同的狂热——而且，它也是这场危机的源头之一，这并不是偶然。"（第86页）这是警世之声。作者还敏锐地捕捉到，由于交通工具的发达，全球化程度的提高，"我们比以往所有年代的人旅行更多也更远，我们与之交流的人的数量会令我们的祖先眩晕。"这不是近年来人们扬扬得意的成就吗？吊诡的是，病毒因此加速传播，传播的范围也更广了，"在疫情期间，我们的效率变成了对我们的惩罚"。（第47、48页）

记得去年很流行的一句话说疫情按下了生活的暂停键。暂停不是结束，更不是结果，而是要思考如何重启。突如其来而不是天外飞来的疫情给我们上了一堂课，听课的结果应当是与乔尔达诺一同追问：我们是如何走到这种境地？犹如前面所引的对效率、"产能"的反思，我们追逐的目标也应成为自我反省的对象。深陷方案、计划、目标中，人们不能停止脚步却停止了思考，这难道不是本末倒置？人不能成为它们的零件。乔尔达诺的描述既特别准确又细思恐极：人们对它的追求"无法停止"，且已形成"共同的狂热"。这令我想起一位好久不见的老朋友前段时间扳着指头对我说，一年没有五百万，他就不能维持目前的生活。在他心中一定有很多雄心勃勃的奋斗目标，我相信它们的积极力量，也从不会对金钱的美好度表示厌恶，心想要是能挣上一千万就更美了。可是我这个"局外人"也分明看到，很多具体的生活以及所谓的"标准"，不能成为我们人生和生活价值建立的标准，否则，人们只有陷入无止境的疯狂，从五百万到五千万到五个亿……这是一个无底洞，"无法停止"会拖垮一个人。而且，一旦美丽的雾都散掉，我们只有五万块的时候，难道生活就不是生活，人生就得取消吗？

真希望更多的朋友能够读一读这本小书，并能够像理科生乔尔达诺一样，整理一下自己的生活和思想，哪怕不开清单，但是别再"无法停止"。还记得禁足在家"数日子"的时光吗？本书作者却希望："数日子。获得一颗智慧的心。不允许所有痛苦白白度过。"（第82页）我再补充一句：还要把某些焦虑挡在未来的生活之外。

2021 年 2 月 4 日凌晨三时

后记

1

时间过得真快，新茶还没有品出滋味，已不见半壕春水一城花。空气弥漫着甜丝丝的味道，这是香樟、玫瑰、金银花的混合。向窗外望去，目之所及，世界已为各种层次的绿色所统治。暑热虽然尚未大举进攻，细雨和潮湿却在提醒：春已隐形，尽管我还没有从它的梦里抽身。

跟鱼丽老师约定编这本集子还是在去年冬天一个十分特殊的日子。那天大家在淮海路的一个酒家晚餐，吃得差不多时，饭店经理来催，见我们不以为意，第二次他很直白地说：你们如果不想被封控在这里，就赶紧离开……我们顿作鸟兽散。在回去的路上，我和鱼丽老师同乘一班地铁，她跟我约稿。在《翻阅时光》（大象出版社 2011 年 11 月版）、《微风拂书》（上海科学技术文献出版社 2016 年 2 月版）之后和之外，我手里倒是有不少长长短短的读书随笔尚待整理，只是平常只顾向前赶路，顾不得身后的风景。过去一年，惊涛骇浪也罢，和风细雨也好，都让我心灰意懒、渴望坐下来歇一歇，于是立即答应了鱼丽老师，并约定春节后交稿。

按着惯例，在结集成书时，我都会对旧文统一校改一遍。人算不如天算，12月底，我"阳"了，这没有什么可怕，全城多半的人都跟我一样，过后，大家也一样有气无力、极其慵懒。我打印出来的旧稿，只好搁在书堆上沉睡，偶尔望一眼也有心无力的。春节过去了，春雷隆隆，百虫惊动，人们开始舒活筋骨，并且一发不可收，恨不得把一切失去的、错过的都夺回来。卷在其中，我心木然身却不由己，忙得上气不接下气中，哪有时间拾掇文字。这么一放，五一就到了。

每年的五一，都是我名副其实的劳动节，无一例外都是赶稿子。二十年前，在上海过的第一个五一节是在复旦北区的宿舍里忙活，不做学生已久，却仍然逃脱不了用功的命。还是读大学和刚刚毕业的青葱时光好，那时候的五一，我有一个幸福的期盼，就是回家。五一算是一个大假，季节轮换，必然要回家换春衣夏装。在故乡，这是春天最盛大的时刻，房前屋后，百花齐放，沉寂了一个冬天的大地有了各种颜色，人们的心也告别了严冬。在外面奔波的人，回家就是期盼，就是奔向温暖之地。尽管，那时候的交通工具很不方便，路上烟尘滚滚，但是回家的机会坚决不会放过。到了家，打开后门，后园的樱桃、梨树、桃树、杏树，花开似火，那种灿烂让人难以平静。有花的日子，人们特别喜欢照相，老照片中有我不少在花前树下的留影。有一年，天空阴暗，下着小雨，假期将尽，雨刚住，赶紧照了几张相，花瓣上还滴着雨珠，我就怅怅地离开家了。

从某一年开始，照片上多出一个人，有她相伴，花儿似乎也多了几分娇艳。多少年过去了，在外奔波，四海为家，我很难赶上机会五一回家。但是，故乡的春天，繁花如云的景象，总在遥念中。当年读《红楼梦》，正值春天，姹紫嫣红开遍，花谢花飞花满天，也曾让我伤春惜春。生命中很多的美好只在刹那间，稍纵即逝，再也回不去了。是的，"一生中的机会并不像大家说的那么多"，毛姆小说中一位离家五十年的老头也这么说过。（见《家》，《毛姆短篇小说全集》第 1 册第 137 页，姚锦清译，江苏凤凰文艺出版社 2021 年 8 月版）春未老，我的心已茫然，"我的家在哪里"？——我记得冰心先生曾以此为题写过文章，多年前，我不太理解：一个人怎么会不知道"我的家在哪里"呢，哪怕他走过再多的地方。现在，我似有所悟。

老相册里，有两位亲人永远留在了记忆深处。2012年夏天，爷爷离开了；今年春天，奶奶走了，就在春天里，我们千里迢迢送她"回家"。悲伤中，我还是感谢命运，在过去的四五十年，有他们的呵护，我幸福又幸运。不过，想到回家，不再有他们心满意足的笑脸在等待、在迎接，我像冰心先生一样问道：我的家在哪里？多少年，离家、回家，挥挥手，对送到大门口的爷爷、奶奶说"再见"——后来，奶奶拄着拐杖还要坚持送到车旁——"再见"，我理解是"下次见"，想不到，"再见"也会成为永别。想起这些，这个春天像满地的落花，开始凌乱、破碎。五一假期，整理旧文，我心中掠过很多往昔假日与他们相聚的场景，不禁眼含热泪。

我把这本小书献给我的爷爷奶奶，尽管奶奶不识字，从未读过我的书，但是我的心意她会懂。谢谢他们，谢谢他们给了我无边无际的爱。

2

奥威尔的杂文全集里，有一组文章叫"随意集"，我喜欢这种漫不经心随意写出的文字，它们比"赋得"什么自由、随性。一些条框的限制和束缚已经够多了，倘若读书写字，还要正襟危坐道貌岸然，未免无味无趣。读书随笔可以容纳我的多层次的表达，是读书感想，是个人经历的描述，是回忆中的往事，也有对现实的表达，它们融汇在一起，写起来很畅快。这些文字，有时候是与书共鸣后的内心倾吐；有时候，借书发挥；有时候是自得其乐自说自话，意不在书，恰如古人说的，醉翁之意不在酒。

这些年来，见的人越来越多，朋友似乎越来越少，茕茕前行中，倒是与书有一点相依为命的味道。有些心绪，也不想对人诉说，却在书本中与之相遇，遂大有此中甘苦两心知的感动。印刷出来的文字本来记录远去的事物，想不到，它们却那么轻易地就穿越到现实中来，又让我忽然觉得书很懂你，如果感到幸福的话，远方还有一个不相识的读者也有积极的呼应！人生的路走不回去，《红楼》却可以重读，《西厢》亦可一遍遍细品。现实生活中，日复一日的重复，是单调和消磨，书则不然，它载着我重返旧日时光，时间滤去了哀伤和苦痛，往昔变得那么温和，细致，抒情，惆怅和伤感却没有伤害。我很贪恋这个世界，它会让我心安，让自我不需要打扮，我的精神世界也驻守在其中。收在本书中的两辑文章，就是我这样的心情的抒写。上编是书与人与时光的回忆，可以称作"读书回想录"；下编是读书的感想和札记，那些书像路碑一样，标示着我的生命历程。两者其实是一体的，非要说出什么不同来了，前者有更多我的私人记忆，重读它们，仿佛我在写生活和精神的自传；后者，是近年来读过的一部分书的存真和回味，是一本本书走过我们的生活留下的影子。

我想起以前读过的本雅明的一段文字：

我发现那么多东西的各种城市的记忆：里加，拿波里，慕尼黑，丹兹格，莫斯科，佛罗伦萨，菲色，巴黎；记忆中还有罗森塔尔（Rosenthal）在慕尼黑豪华的住房，丹兹格证券交易所，已故的汉斯·劳尔（Hans Rhaue）的期票在那儿支付，苏森古在柏林北部的霉气熏人的书窖。记忆呈现这些书所在的房间，我在慕尼黑的学生宿舍，在波恩的房间，伯莲滋湖畔的伊色瓦德的幽静，最后是我儿童时代的房间，现在我拥有的数千本书中有四五千本先前就在那个地址。啊，收藏家真幸福，闲人真快乐。（《打开我的藏书》，《启迪：本雅明文选》第 78 页，张旭东、王斑译，生活·读书·新知三联书店 2008 年 9 月版）

我也是这样啊，哪一本书在哪里买的，走到哪里读的它们，它们又随着我在不同城市什么地方移动……回忆起这些，就像春天来到，冰雪融化，阳光暖照，我有一种内心的慰藉。有一些细节和秘密，只有我自己知道，拥有它们，我有一种不足为外人道也的幸福感。本雅明还说过："并不是物品在他身上复活，而是他生活于物品之中。"（同前，第 79 页）可惜，我们无法生活在书中。

然而，在书的世界中，我才精神百倍、意气风发、自由自在。从某种意义上，它又是虚拟的，是在现实中不存在的一个世界。那么，我心归于何处呢？以往，我

一定会苦苦去寻找答案。现在，我放弃了这种努力，顺
其自然吧。就像这春天，悄无声息地来了，才觉繁花满
园，又见花落一地。花开花落，那么短暂，又如此无声
无息，这是自然的时序、生命的节奏，任何人无法违
拗。我能做到的只是看花的时候，惜花，惜自己；无
花，心淡下来，这世界就无处不是花，平淡中，心花
怒放。

3

2023 年岁首，"阳"过之后躺在床上，我写过几段
感想：

刚刚过去的一年，是我最不愿意回忆的年份。那些
日子，它是真实的存在，还是卡夫卡的小说；是嬉皮笑
脸的幽默，还是一本正经的荒唐；是不忍多思的绝望，
还是祈求柳暗花明的希望；是声嘶力竭的呐喊，还是失
去激情的沉默；是声势浩大的悲壮，还是一地鸡毛的破
碎……

深夜里，我再一次翻起鲁迅的《野草》，在《题辞》
中，我读到这样的句子：

我自爱我的野草，但我憎恶这以野草作装饰的
地面。

地火在地下运行，奔突；熔岩一旦喷出，将烧尽一
切野草，以及乔木，于是并且无可朽腐。

但我坦然，欣然。我将大笑，我将歌唱。

天地有如此静穆，我不能大笑而且歌唱。天地即不
如此静穆，我或者也将不能。

我的心境近乎于此。我不知道在"一觉"中，我们

是否"失掉"了"好地狱"；我不知道，一个"过客"，究竟是要做"聪明人""傻子"，还是"奴才"。我尤其不能直视那"死火"：给它热情，让它燃烧殆尽，还是继续留它在冰谷，让它"冻灭"。我在现实中思考，也在阅读中寻求答案。

先哲《野草》令我陷入深思。

我能得救吗？我不知道，只知道，比起鲁迅，我太胆怯，太软弱。

——这也是我写下本书中很多文字的真实心境。

我深刻地知道：即便是灵魂的下坠，也不能没有底线。本书中《再读一遍王国维纪念碑碑铭》《获得一颗智慧的心》两篇，就是自我告诫。躲在小楼成一统的日子，从来都是不存在的，然而，走到风雨的街头总需要打一把伞。所幸，有那么多书相伴，它们都是精神的庇护伞。这么薄的纸张，它经得起风吹雨打吗？作为一个以文字书写为志业的人，我又无比相信文字和纸张的力量，不，是迷信。因此，对于"要上书"的事情，一点都不敢马虎。本书中的文字也是这样的，说它幼稚、浅薄，我会领受；但是如果说它们是游戏或轻薄的文字，我是不会承认的。

周立民

2023 年 5 月 6 日凌晨于上海，8 日凌晨改